111

Herrin Sklave

Band 2

Frankfurt/Main, Dezember 2016

Geeignet nur für Erwachsene, die offen für Themen wie BDSM, Fetisch und Sexualität sind.

Alle Handlungen erfolgten im gegenseitigen Einverständnis zwischen Erwachsenen.

Inhalt

Vorwort

Ideen kann man nie genug haben. Gerade, wenn es um Erotik und BDSM geht. Schließlich sorgen neue Ideen für frischen Wind, inspirieren und bringen Spaß.
Routine ist der Feind jeder Beziehung. Sie lähmt und lässt alles langweilig und öde erscheinen. Mit diesem Buch jedoch hat die Routine keine Chance.

Im zweiten Band meiner Ideenreihe habe ich wieder 111 frische Ideen zusammengestellt. Das ist eine große Auswahl und ich bin sicher, dass für jeden etwas dabei ist.

Die Ideen sind als Inspiration gedacht. Was der eine liebt, ist für den anderen undenkbar. Was der eine hart findet, ist für den nächsten schon längst keine Herausforderung mehr. Vor diesem Hintergrund ist es ganz natürlich, dass Dir manche Szenarien besser und andere weniger gut gefallen werden. Picke Dir einfach das heraus, was Dir gefällt und vergiss den Rest.

Die 111 Ideen sind eingeteilt in Kategorien. Diese Einteilung dient der besseren Übersicht. Es kommt vor, dass manche Ideen auch für andere Kategoerien passen.

Die Kategorien sind:
1. SessionPlay: Das Spiel zwischen Herrin und Sklave
2. Rollenspiele: Femdom und Sklave tauschen in Rollen ab.
3. MindGames: psychologische Spiele
4. Humiliation: besonders demütigende Spiele.
5. KGTraining: Spiele mit der Keuschhaltung des Subs.
6. PartyPlay: Ideen für BDSM-Partyspaß und mehrere Mitspielerinnen.

Ich wünsche Dir viel Vergnügen bei der Lektüre!

Herzlich,
Lady Sas

Hinweis auf mögliche Gefahren

Noch ein Wort zur Sicherheit, die mir ganz besonders am Herzen liegt. BDSM ist ein Spiel – aber in manchen Bereichen nicht ungefährlich. Zum Beispiel bei einer Atemreduktion. Eine Herrin ist für die Sicherheit ihres Sklavens verantwortlich und hat in jeder Sekunde dafür zu sorgen, dass es ihm gut geht. Diese Verantwortung kann ihr niemand abnehmen.

Sklaven rate ich, sich nur Femdoms auszuliefern, zu denen sie Vertrauen haben und bei denen sie sich in verantwortungsbewussten Händen wissen. Herzprobleme oder gesundheitliche Einschränkungen sind vor der Session offen zu besprechen.

Ich weise ausdrücklich darauf hin, dass ich mit diesem Buch nicht dazu auffordere, diese Ideen und Praktiken umzusetzen. Alle Informationen sind rein informativ und sollen inspirieren.

Ich bitte alle Leserinnen und Leser, sich nur an Spiele heranzuwagen, die sie sicher beherrschen und die keinen der Beteiligten überfordern. Es ist kein Zeichen von Schwäche, manche Dinge nicht zu tun, sondern im Gegenteil ein Zeichen von Reife und Verantwortungsbewusstsein. Nicht alles, was man machen kann, ist auch etwas, das man machen muss. Deshalb ist das wichtigste Wort beim BDSM auch das Wort „nein". Also: Im Zweifel einfach mal „Nein" sagen und auf der sicheren Seite sein.

Ich kann mir vorstellen, dass die vielen Hinweise auf die Sicherheit im Buch mit der Zeit etwas nerven. Gerade erfahrene Spieler wissen in der Regel, was sie tun und worauf sie achten müssen. Ich wende mich mit den Sicherheitshinweisen auch eher an die Anfänger unter den Lesern. Leider konnte ich die Hinweise nicht weglassen, weil ich mich dann nicht gut gefühlt hätte. Auch als Autorin hat man eine Verantwortung. Und ich weise lieber einmal zuviel auf Sicherheitsaspekte hin als zu wenig. Insofern bitte ich um Verständnis, wenn ich Dich damit an manchen Stellen etwas nerve.

Kategorie SessionPlay

In dieser Kategorie geht es um Ideen für die Session zwischen der Herrin und ihrem Sklaven.

Der perfekte Rotton

Die Herrin weist den Sklaven an, mit einem Grafikprogramm verschiedene Rottöne auszudrucken. Nun fixiert die Herrin den Sklaven und lässt ihn einen Rotton aussuchen, der ihm gefällt.
Der Clou: Die Herrin versohlt dem Sklaven nun so lange den Hintern, bis sie genau diesen Rotton getroffen hat. Eine amüsante Idee, die für viel Spaß sorgt – auch in einer Femdom-Runde. In der Praxis ist es aber so, dass man den Rotton kaum genau trifft. Also nicht enttäuscht sein. Doch gerade das liefert viele Gründe, den Sklaven auch dafür zu bestrafen.

Der Wand-Parkplatz

Es kommt vor, dass man den Sklaven während der Session kurz alleine lassen muss. Vielleicht, um etwas zu holen. Oder, um sich eine kleine Pause zu gönnen. In diesem Fall muss die Herrin den Sklaven irgendwo „parken" – so nenne ich das gerne. Da nicht jeder einen Käfig hat, hier eine einfache Alternative, die zudem viel interessanter ist: Der Sklave muss sich unmittelbar vor eine Wand stellen und einen Gegenstand mit Mund und Nase so gegen die Wand pressen, dass er nicht herunterfällt. Ideal eignet sich zum Beispiel ein Paddel. Der Sklave hat dabei die Hände hinter den Rücken zu nehmen.

Um es noch etwas schwieriger für den Sklaven zu machen, kann die Herrin ihm auch einen Rohrstock zwischen die Pobacken stecken, so dass er zusätzlich zum Rohrstockhalter umfunktioniert wird.

Sollte der Gegenstand herunterfallen, wird der Sklave damit abgestraft. Eine gute Möglichkeit, den Sklaven schnell und einfach zu fixieren und zu beschäftigen. Schuhfetischisten kann man auch einen High-Heel an die Wand drücken lassen. Sie haben das Objekt ihrer Begierde dann direkt vor der Nase.

Der Ja-Sager

Der Sklave darf auf alle Fragen nur noch eine Antwort geben: Ja, Herrin.

Ein „Nein" existiert nicht mehr, es wird aus dem Wortschatz gestrichen und darf vom Sklaven nicht verwendet werden.

Daraus ergibt sich eine interessante Situation für die Herrin. Sie kann zum Beispiel fragen:

Möchtest du heute so richtig streng behandelt werden, Sklave?

Möchtest du heute mal über deinen Schatten springen und den Natursekt der Herrin kosten?

Bist du ein dummer Trottel, der immer nur ans Wichsen denkt?

Bist du sogar zu dumm zum Lügen?

Ganz gleich, was die Herrin frage – der Sklave muss immer mit „Ja, Herrin" antworten.

Tabus sollte die Herrin auf diese Weise nicht aufweichen. Ein Tabu bleibt ein Tabu.

Es ist aber erlaubt, denke ich, damit zu spielen und vorzugeben, ein Tabu brechen zu wollen, es dann aber am Ende doch nicht zu tun. Interessant ist, wie der Sklave schon auf die Ankündigung reagiert.

Dieses Vorgehen ist aber nur etwas für Sklaven, die bereits Vertrauen zur Herrin haben. Sonst kann es sein, dass der Sklave die Session abbricht, weil er Angst davor hat, die Herrin könne wirklich das Tabu brechen. In diesem Fall kann man dem Sklaven keinen Vorwurf machen. Sein Verhalten ist nachvollziehbar.

Der Dildostab-Putzi

Der Putzsklave kniet auf dem Boden und putzt. Die Herrin tritt mit einem langen Dildostab hinter ihn und weist ihn an, seinen Po herauszustrecken. Sie spießt ihn anal auf und kann ihn nun über den Stab zeigen, wo er putzen soll. Der Sklave wird von der Herrin hin und hergeschoben. Das Ganze erinnert an einen Bodenwischer – nur dass man keinen Wischbezug über den schmutzigen Boden führt, sondern einen Putzsklaven.

Das Sub-up-Training.

Es geht doch nichts über einen durchtrainierten Sklaven mit Sixpack. Um ihn daran zu erinnern, führt die Herrin ein Sit-up-Training durch: Ich nenne es das Sub-up-Training.

Dazu legt sich der Sklave auf den Rücken, die Herrin setzt sich in einen Sessel neben ihn. Sie schlägt die Beine übereinander. Und zwar so, dass ein High-Heel vor dem Kopf des Sklaven ist. Der Sklave muss einen Sit-up machen, also sich aufrichten, um den Absatz der Herrin küssen zu können. Ein feines Training. Anstrengend für den Sub, unterhaltsam und bequem für die Mistress.

Schuhe blind sortieren.

Ein feines Spiel, um den Sklaven eine Weile zu beschäftigen. Die Herrin nimmt einige Schuhpaare und stellt sie vor dem Sklaven ab. Nun verbindet sie dem Sklaven die Augen und bringt die Schuhpaare durcheinander. Sie mischt die Schuhe und fordert den Sklaven auf, die beiden entsprechenden Paare zusammenzubringen und die Schuhe geordnet aufzustellen. Während der SKlave beschäftigt ist, kann sich die Herrin anderen Dingen widmen. Nach einer gewissen Zeit kommt die Herrin zurück in den Raum und betrachtet das Ergebnis.

Die Cockbox

Eine Cockbox ist ein kleines, niedriges Tischchen mit einem Loch, durch das der Sklave seinen Penis steckt. Der Sklave liegt also unter der Cockbox und ist gefesselt, wenn die Herrin ganz sicher gehen will, dass er sich nicht wehrt.

Nun kann die Herrin den Schwanz mit ihren Füßen oder mit ihren Schuhen teasen. Die Cockbox ist ideal, um dem Sklaven den Orgasmus zu ruinieren. Die Herrin reizt den Sklaven bis er sich nicht mehr beherrschen kann und um die Erlaubnis bittet, zu spritzen. Die Herrin erlaubt es (oder auch nicht), stimuliert ihn noch einen Augenblick – und zieht ihren Fuß dann aber sofort zurück, sobald der Sklave kommt. Der Sklave kommt zum Höhepunkt, hat aber kein befriedigendes Gefühl dabei.

Hinweis: Diese Praktik kann äußerst gefährlich sein. Gerade dann, wenn spitze Heels im Spiel sind. Durch sie kann der Penis leicht verletzt werden. Die Herrin muss äußerst vorsichtig vorgehen. Auch ihr Gewicht kann den Penis quetschen und so verletzen. Sklaven rate ich, dieses Spiel nur mit erfahrenen Herrinnen zu wagen.

Eine Möglichkeit, das zufällige Ausrutschen mit High Heels zu verhindern ist, sich vor die Cockbox auf einen Sessel zu setzen.

Unmögliche Antwort.

Über das Konzept der unmöglichen Aufgaben haben wir uns schon in Band eins amüsiert. Eine weitere schöne Möglichkeit für eine unmögliche Aufgabe ist, den Sklaven zu knebeln und ihm dann Fragen zu stellen. Es sollten offene Fragen sein, also keine Fragen, auf die er mit „Ja" oder „Nein" antworten kann, denn das könnte er auch mit einem Nicken bzw. Kopf schütteln zum Ausdruck bringen.

Damit der Spaß perfekt ist, muss er so streng geknebelt sein, dass man seine Grunzlaute wirklich absolut nicht verstehen kann. Hilfreich ist es zum Beispiel, ihm eine getragene Strumpfhose in den Mund zu stopfen und ihm dann den eigentlichen Knebel in den Mund zu stecken. Nun kann der Sklaven auf die Fragen absolut keine Antworten geben. Mit anderen Worten: Er weigert sich zu antworten! Eine bodenlose Unverschämtheit, auf die es nur eine Reaktion gibt: eine strenge Bestrafung. Das trifft sich gut: Da der Sklave eh geknebelt ist, muss man sich zumindest sein Gejammere bei der Abstrafung nicht anhören.

Das rohe Ei

Die Herrin verlangt vom Sklaven, ein unversehrtes, rohes Ei in den Mund zu nehmen. Seine Aufgabe ist es, der Herrin das Ei später unbeschadet zu zeigen. Die Herrin testet nun seine Selbstbeherrschung, indem sie den Sklaven abstraft. Das kann auf ganz unterschiedliche Weise erfolgen. Zum Beispiel erst zum Aufwärmen mit der Hand, dann mit dem Paddel, der Gerte und als Krönung mit dem Rohrstock.

Noch schwieriger wird es für den Sklaven, wenn die Herrin ihn ohrfeigt.

Kann er das Ei vor jedem Schaden bewahren?

Bei diesem Spiel sollte man sich erst vorsichtig herantasten. Der Sklave sollte zunächst ehrlich sagen, ob er das Ei überhaupt im Mund halten kann. Er soll sich nicht daran verschlucken, das kann wirklich gefährlich sein.

Die Kurzsession im Aufzug

Der Aufzug ist ein Ort, über den häufig im sexuellen Zusammenhang phantasiert wird. Was für Vanillas (so nennt man Leute ohne SM-Gelüste) der Quickie im Aufzug ist, das ist für BDSMler die Kurzsession im Aufzug.

Dazu müssen Herrin und Sklave allein im Aufzug sein. Zumindest würde ich das sehr empfehlen... Kaum ist die Türe geschlossen, geht es los. Das schöne ist, dass die verschiedensten Szenarien denkbar sind. So kann die Herrin zum Beispiel verlangen, dass der Sklave zu Boden stürzt und ihr die schmutzigen Stiefel sauber leckt. Oder der Sklave muss sich hinknien und in Windeseile seinen Penis herausholen, wichsen und abspritzen. Schafft er es, bevor die Türe aufgeht: gut. Schafft er es nicht, sich zum Höhepunkt zu bringen: Pech gehabt.

Vieles ist denkbar. Der Reiz liegt vor allem in der Gefahr, womöglich entdeckt zu werden. Damit das im Falle eines falls nicht zu peinlich ist, sollte man sich nicht gerade den Aufzug in seiner eigenen Firma aussuchen.

Das DominaDinner

Die Herrin beordert den Sklaven in die Küche, weil sie für ihn kochen möchte. Doch das DominaDinner erweist sich schnell als alles andere als lecker. So stellt die Mistress einen Hundenapf auf den Boden und füllt ihn mit allerlei Köstlichkeiten: Senf, Ketchup, Pfeffer, Salz, Spucke, Erdbeeren, Blaubeeren, Joghurt, rote Beete – ja vielleicht sogar Natursekt, also Urin. Der Phantasie sind keine Grenzen gesetzt. Die Herrin bindet dem Sklaven die Hände auf den Rücken und wünscht guten Appetit. Sollte der Sklave sich nicht enthusiastisch genug ans Futtern machen, kann die Herrin ihn mit der Hand oder dem Fuß energisch in den Napf drücken.

Um den Appetit des Sklaven zusätzlich anzuregen kann die Herrin dem Sklaven am Tag zuvor befehlen, am Tag der Session das Mittagessen ausfallen zu lassen. Über die Details des DominaDinners sollte sie den Sklaven unbedingt im Unklaren lassen. Alles, was er wissen muss, ist, dass er sich auf ein köstliches Abendessen freuen kann, das die Mistress extra für ihn liebevoll zubereiten wird. So ein Glückspilz!

Der Post-Orgasmus-Spaß

Das „Post" in Post-Orgasmus-Spaß hat nichts mit Briefen zu tun, sondern heißt in diesem Fall: nach dem Orgasmus. Man kennt das ja von den Männern: Sie haben ihr Ziel erreicht, sind gekommen und wollen jetzt nur noch eines: ihre Ruhe.

An diesem Punkt setzt die Herrin an. Sie macht nämlich genau das Gegenteil: Sie reizt und stimuliert den Penis weiter. Gerade dann, wenn sie den Sklaven durch Wichsen oder mit einem Massagegerät zum Höhepunkt gebracht hat und dann einfach weiter macht, als sei nichts geschehen, ist es für den Sklaven nahezu unerträglich. Es tut ihm weh und er wird sich heftig hin und her winden. Deshalb empfiehlt es sich, den Sub entsprechend zu fixieren.

Amüsant und unterhaltsam ist es, wenn die Herrin so tut, als hätte der Sklave gar nicht gespritzt. Faktisch ist es also so, dass der Sklave zum Höhepunkt kommt, aber die Herrin vorgibt, es nicht bemerkt zu haben. Sie treibt ihn an, endlich seinen Saft abzugeben und steigert die Stimulation sogar noch. Das ist sowohl psychisch wie auch physisch schmerzhaft für den Sklaven und die Herrin sollte sich auf einige Proteste einstellen. Aber kein Problem: Es gibt ja Knebel.

ElektroPlay

Nein, mit einem konventionellen Elektroschocker (wie ihn die Polizei im Fernsehen verwendet) hat der „E-pluse" wenig gemeinsam. Dazu ist er viel zu schwach. Trotzdem ist der Elektrostab mächtig genug, beim Sklaven Angst und Schrecken zu verbreiten. Die Herrin hat somit ein Instrument in der Hand, mit dem sie den Sklaven beherrschen und einschüchtern kann. Wo wird die Herrin den Stab als nächstes einsetzen? Am Arm? Am Oberschenkel? Den Brustwarzen? Oder doch nicht etwa direkt am...?

Es ist unterhaltsam zu beobachten, wie der gefesselte Sklave sich windet, um dem Elektrostab zu entgehen. Damit die Herrin die Wirkung besser einschätzen kann, empfehle ich unbedingt, die Wirkung vorab an sich selbst zu testen. Ja, soviel Überwindung muss sein. Man geht ganz anders mit dem E-pulse um, wenn man seine Wirkung selbst erlebt hat. Herzschwache Sklaven sollte man mit dieser Spielart besser verschonen.

Ballett Heels

Ballett Heels sind extrem hohe Stiefel bzw. Schuhe. Das Besondere an ihnen ist, dass der extrem hohe Absatz dazu führt, dass der Fuß eine maximale Streckhaltung einnimmt. Das erinnert an Ballettschuhe, daher der Name. Schuhe dieser Art sind Fetisch-Schuhe. Es ist äußerst schwer, mit Ballett Heels zu laufen. Oft werden sie nur zur Session getragen. Balett Heels werden von Männern und Frauen getragen. Bei einem Sklaven kann man sie gut nutzen, um ihn noch weiter zu feminisieren. Ein Lauftraining ist ein amüsanter Zeitvertreib. Allerdings sollte man langsam vorgehen und dem Sklaven Zeit geben sich auf die Heels einzustellen. Ich empfehle, vorab das Hinfallen zu üben, den Sklaven also darauf einzustellen, was er tun soll, wenn er das Gleichgewicht verliert. An den Händen fesseln sollte man den Sklaven also nicht, er muss sich ja beim Hinfallen abstützen können.

Spikeschuhe

Eine Idee für Sklaven, die keine sichtbaren Spuren aus der Session davontragen dürfen. Der Sub trägt Spikeschuhe. Das sind Schuhe mit kleinen Spiekes, die sich bei jedem Schritt in die Fußsohlen bohren. Steigern lässt sich der Schwierigkeitsgrad, wenn die Herrin eine Spreizstange an den Fußmannschetten des Subs anbringt und ihn an der Leine hinter sich herführt. Ziehen sollte man aber nicht an der Leine, sonst verliert der Sklave womöglich das Gleichgewicht. Der Sklave kann sich auf diese Weise nur langsam und umständlich fortbewegen. Das ist kein böser Wille, das liegt an der Spreizstange und den Spikes. Im Grude sind Spikeschuhe lästig, ärgerlich und etwas schmerzhaft, aber nicht gefährlich.

Die Augenbinde

Männer sind visuelle Wesen. Sie gucken gerne. Und bei uns Frauen haben sie so einiges zu gucken. Dumm, wenn die Herrin dem Sklaven dieses Vergnügen nimmt und ihm eine Augenbinde anlegt, einen schwarzen Seidenschal zum Beispiel.
So eine Session überstehen zu müssen, ist eine echte Strafe für den Sklaven. Die meisten mögen das nicht, würden so gerne die Herrin sehen und können sich nur mit Mühe Proteste verkneifen.

Diesen Zustand des Sklaven kann man fein ausnutzen. Zum Beispiel mit überraschenden Ohrfeigen. Oder einem plötzlichen Tritt in die Kronjuwelen. Gerade Sklaven, die denken, sie würden alles aushalten und wären ganz harte Jungs kann man mit diesem Trick im wahrsten Sinne des Wortes unvorbereitet treffen.

Die Penisleine

Einen Sklaven über sein Halsband an die Leine zu nehmen, ist nicht außergewöhnlich. Ihn an seinem besten Stück anzuleinen dagegen schon. So wird ihm in jedem Moment bewusst, wer ihn und seine Sexualität führt und beherrscht.

Praktisch umsetzen lässt sich das zum Beispiel mit einem KG, einem Keuschheitsgürtel (CB 6000 zum Beispiel). Die Leine wird am Schloss des KGs befestigt. Erfahrene Damen können Penis und Hoden mit einem Nylonstrumpf fesseln, ihm also ein Bondage verpassen. Allerdings ist das nur etwas für versierte Femdoms, denn das Blut muss weiter zirkulieren können und wenn man sich nicht auskennt, kann man den Penis beschädigen. Am besten finde ich daher einen KG.

Eine deratige Verbindung hat hohen Symbolcharakter und eignet sich auch perfekt, um den Sklaven auf Partys vorzuführen. Allerdings ist diese Spielvariante ganz offensichtlich nur etwas für hartgesottene Subs.

Der Nahtnylon-Weg

Nahtnylons sehen nicht nur erotisch aus, sie eignen sich auch gut für ein kleines Konzentrationsspielchen. Die Herrin weist den Sklaven an, ihr an der Naht entlang die bestrumpften Beine von unten nach oben zu küssen.Und zwar nur an der Naht! Berührt der Sklave mit den Lippen eine andere Stelle, setzt es sofort eine schallende Ohrfeige.

Lustig ist es, wenn der Sklave exakt die Naht entlang geküsst hat, aber trotzdem eine Ohrfeige kassiert. Dumm für ihn, denn wenn er sich weigert, seine Schuld einzugestehen, macht er alles nur noch schlimmer und es setzt erst recht Strafe. Ihm bleibt nichts anderes übrig, als alles einzugestehen und auf Gnade zu hoffen.

Die Smoking Queen

In der schillernden Welt des BDSM gibt es Sklaven, die darauf stehen, ihre Herrin rauchen zu sehen. Zum Beispiel dicke, teure Zigarren. Woher dieser Fetisch kommt, weiß ich nicht, aber es erregt die Subs, ihre Mistress so betrachten zu dürfen.

Sie knien dabei vor der Herrin und halten einen Aschenbecher bereit oder öffnen auf einen Wink hin devot ihren Mund so weit wie möglich, damit die Smoking Queen ihnen in den Mund abaschen kann. Ob eine Herrin oder ein Sklave das erregend finden oder nicht, kann man nicht wissen, man muss es ausprobieren. Erregend ist es für die Sklaven insbesondere, wenn sich die Herrin zu ihnen herunterbeugt und ihnen langsam den Rauch ins Gesicht bläst.

Der Schraubstock

Diese Idee dient dazu, den Sklaven bei einer strengen Abstrafung zu fixieren. Ausgangsposition: Der Sklave kniet vor der Herrin. Die Herrin fordert ihn auf, den Kopf zu senken, macht einen Schritt auf den Sklaven zu und klemmt seinen Kopf zwischen die Oberschenkel ein. Und zwar fest. Richtig fest! Nun weist sie den Sklaven an, seinen Po herauszustrecken und versohlt ihm in aller Ruhe den Hintern.

Diese Stellung hat zwei große Vorteile. Zum einen ist der Sklave fixiert. Zum anderen genießt er bei der Abstrafung die berauschende Nähe seiner Herrin und wird dadurch motiviert, die Schläge zu ertragen.

Nach einer gewissen Anzahl harter Schläge wird der Sklave anfangen unruhig zu werden und hin- und her zu zappeln. In diesem Fall empfiehlt es sich, in die Gewicht-Position zu wechseln, die ich im Folgenden beschreibe.

Gewicht-Position

Die Herrin weist den Sklaven an, sich auf den Bauch zu legen. Sie setzt sich auf seinen Rücken, mit dem Gesicht Richtung Po und schlägt auf seinen Hintern ein. Diese Stellung ist bestens gut geeignet, um den Sklaven in Position zu halten. Das gesamte Gewicht der Herrin drückt den Sklaven nach unten, der bequem liegt – wobei die Schläge sicher alles andere als bequem für ihn sind. Die Nähe seiner Herrin sollte ihn zusätzlich motivieren, die Abstrafung auszuhalten.

Das Folienbondage

Unter Bondage versteht man die Fixierung des Subs. Eine einfache, aber effektive Möglichkeit, ihn wehrlos zu machen, besteht im Folienbondage.

Die Herrin wickelt den Sklaven mit einer Frischhaltefolie ein. Am einfachsten geht das, wenn der Sklave steht. Die Beine sollten erst ganz am Schluss umwickelt werden, wenn der Sklave sich auf den Rücken gelegt hat, sonst verliert er womöglich im Stehen das Gleichgewicht und es passiert ein Unfall. Das ist die große Gefahr beim Folienbodage. Also muss die Herrin immer darauf achten, dass der Sklave nicht plötzlich umkippt. Das kann auch der Fall sein, wenn der Kreislauf des Subs nicht stabil ist.

Liegt der Sklave dann hilflos auf dem Rücken, kann diese Position für weitere Spiele genutzt werden. Die Herrin kann sich zum Beispiel die Füße verwöhnen lassen, den Penis teasen (wenn sie ihn mit der Folie ausgelassen hat) oder sich auf das Gesicht des Sklaven setzen und sich von seiner Zunge verwöhnen lassen (mit oder ohne Slip).

ShutUp!

Gerade in einer neuen Herrin-Sklave-Beziehung oder bei noch unerfahrenen Sklaven neigen die Subs dazu, ungefragt zu sprechen. Die Herrin muss ihnen klar machen, dass sie den Mund zu halten haben und nur dann etwas sagen dürfen, wenn die Herrin sie etwas fragt.

Um das deutlich zu machen, kündigt die Herrin an, dem Sklaven sein großes Mundwerk zu stopfen. Aber nicht mit einem normalen Knebel, das wäre zu einfach. Sie weist den Sklaven an, einen besonders großen Dildo tief in den Mund zu nehmen und ihn im Mund zu behalten. Sollte der Dildo herausflutschen, droht sie eine harte Strafe an. Nun kann sich die Herrin darüber lustig machen, dass der Sklave nichts mehr sagen kann.

„Du bist ja auf einmal so still? Was ist denn los mit dir? So ruhig kenn' ich dich ja gar nicht. Du bist doch sonst so ein Plaudertäschchen."

Wenn die Herrin Lust hat, den Sklaven zu bestrafen, kann sie ihm eine Frage stellen und sich dann darüber aufregen, dass der Sklave nicht antwortet. Der Sklave sitzt in einer Zwickmühle. Antwortet er, muss er den Knebel aus dem Mund schieben. Antwortet er nicht, wird er ebenfalls bestraft.

Der Knebel sollte wirklich dick sein, so dass der Sklave nicht damit sprechen kann.

Die High-Heel-Auswahl

Die Herrin möchte herausfinden, welche ihrer High-Heels sie heute anziehen möchte. Dazu sitzt sie bequem in einem Sessel, der Sklave kniet vor ihr. Auch eine Vorauswahl an Schuhpaaren steht bereit. Nun zieht der Sklave der Herrin ein Paar Schuhe an. Die Herrin betrachtet die Schuhe und weist den Sklaven an, die Schuhe mit Zunge und Lippen zu verehren. Bei welchem Paar fühlt sich die Verehrung am besten an? Welche Absätze eignen sich am besten, den Sklaven damit zu quälen? Für welches Paar wird sich die Herrin entscheiden? Sie hat alle Zeit der Welt, es auszutesten.

High-Heel im Mund halten

Ein Konzentrationsspiel. Der Sklave wird an einem Kreuz fixiert und bekommt nun einen High-Heels der Herrin so in den Mund gesteckt, dass er ihn mit dem Mund an der Spitze halten muss. Dabei schärft ihm die Herrin ein, auf keinen Fall auf den Schuh zu beißen oder ihn mit den Zähnen kaputt zu machen. Während der Sklave den Schuh mit dem Mund hält, macht sich die Mistress am Sklaven zu schaffen. Sie zwickt ihn in die Brustwarzen, spielt mit seinem Penis, bringt Klammern an seinen Brustwarzen an, hängt ihm Gewichte an die Hoden, quält ihn mit Wachs oder kickt ihn vielleicht sogar in die Eier.

Der Sklave muss alles ertragen und dabei den Schuh im Mund behalten.

Wenn die Herrin keine Lust mehr hat, geht sie und trinkt einen Kaffee oder Tee, während der Sklave den Schuh weiter halten muss.

Am Ende stellt sie fest, dass doch Zahn-Abdrücke auf der Schuhspitze zu sehen sind, schimpft den Sklaven aus und fordert neue Schuhe. Dabei ist es völlig unerheblich, ob tatsächlich Zahnabdrücke zu sehen sind oder nicht.

Der Käfig-Tease

Ein feines Spiel für Schuh- und Fußfetischisten. Die Herrin sperrt den Sklaven in einen Käfig ein. Sie nimmt auf einem Sessel vor dem Käfig Platz und legt ihre Füße bequem auf einer Fußbank unmittelbar vor dem Käfig ab.

Der Sklave wird nun alles tun, um an die Schuhe bzw. Füße der Herrin zu kommen. Es ist äußerst unterhaltsam zu sehen, wie er sich an die Gitter drückt und wie lang er seine Zunge machen kann, um an das Objekt seiner Begierde zu kommen.

Die Herrin spielt mit seinem Fetisch, gibt ihm mal viel von ihren Füßen und zieht sie dann wieder weg.

Die kalte Dusche

Manche Sklaven sind wehleidige Weicheier. Sogar vor einer kalten Dusche schrecken sie zurück. Um sie etwas abzuhärten, kann man genau damit spielen. Die Herrin stellt den Sklaven unter die Dusche und weist ihn an, das Wasser auf eiskalt zu stellen. Brrrr... kalt! Wunderbar verbinden lässt sich das mit einem anregenden, heißen Cock-Teasing vorher, das erst unmittelbar vor dem Orgasmus endet. Der Sklave kann froh sein, dass seine Herrin so fürsorglich ist, ihn wieder etwas anzukühlen.

Sklavenzunge vs. Schuhbürste

Der Sklave hat den rechten Lederstiefel der Herrin mit seiner Zunge zu reinigen. Den linken Lederstiefel dagegen muss er mit einer Bürsten säubern. Wenn der rechte Stiefel mehr glänzt als der linke wird er dafür bestraft, dass er mit der Bürste nachlässig war. Ist es umgekehrt, erhält er eine Strafe dafür, dass er nachlässig mit der Zunge war. So oder so – der Sklave verliert immer.

Footen

Im ersten Band haben wir die Praktik des Fistens kennengelernt. Dabei nimmt die Herrin den Sklaven mit der Faus (Fist) anal. Beim Footen handelt es sich um eine Steigerung: Die Herrin nimmt den Sklaven mit dem Fuß. Gerade Anfänger mag diese Aussage überraschen, aber dieses Spiel hat tatsächlich zahlreiche Anhänger. Gerade Sklaven, die schon seit Jahren anal genommen werden, schätzen die extreme Steigerung.

Wichtig ist, dass dieses Spiel nur mit wirklich erfahrenen Sklaven durchgeführt wird, die körperlich dafür geeignet sind. Nach meiner Erfahrung braucht man viele Monate, um einen Sklaven anal so zu dehnen und vorzubereiten, dass man ihn footen kann.

Da im Analbereich erhebliches Verletzungsrisiko besteht, gibt es einiges zu beachten. Fußnägel müssen gekürzt werden, um das Verletzungsrisiko an der Scheimhaut zu minimieren. Über den Fuß sollte die Herrin ein Kondom ziehen. Gleitgel ist ein absolutes Muss beim Footen. Geduld und Einfühlungsvermögen ebenso.

Der Sklave muss in eine stabile Position gebracht werden. Er kann zum Beispiel auf allen Vieren vor der Herrin knien, die bequem in einem Sessel hinter ihm sitzt. Die Herrin kann darüber nachdenken, vor dem Sklaven einen Spiegel anzubringen, so dass der Sklave mehr von seiner Behandlung sieht.

Ich empfehle der Herrin, immer für den Sklaven zu beschreiben, was sie gerade macht. Für den Sklaven ist es sehr erotisch zu hören, was die Herrin mit ihm anstellt. Außerdem wird er auch mit Spiegeln nie perfekt sehen, was gerade passiert.

Das Küssen-weglecken

Die Herrin verteilt Teller im Raum oder in der ganzen Wohnung. Auf jeden einzelnen Teller hat sie mit Lippenstift einen schönen Kussmund hinterlassen. Der Sklave hat nun die Aufgabe, alle Teller zu finden und ergeben den Lippenstiftkussmund wegzulecken, sobald er einen neuen Teller gefunden hat.

Der Clou: Die Herrin schlägt dabei so lange mit der Gerte auf den Sklaven ein, bis er alle Küssen gefunden und weggeleckt hat. Sie treibt ihn also an, sich zu beeilen. Die Herrin kann nach Belieben das Schlagwerkzeug wechseln, wenn sie das wünscht. Auch kann sie Hinweise wie „Hier wird es heiß" geben, wenn sie dem Sklaven helfen oder ihn in die Irre führen will.

Die Venus 2000
Die Venus 2000 ist ein Sex-Spielzeug, das Männer schnell zum Orgasmus bringen kann. Im Receiver wird Luft abwechseln zugeführt und abgesaugt. Dadurch entseht eine Auf- und Abbewegung, die stimulierend wirkt. Interessant wird das Ganze aber erst nach dem ersten Orgasmus, wenn die Maschine gnadenlos weiterläuft und schon den nächsten Orgasmus fordert. Der gefesselte Sklave wird unerbittlich abgemolken – bis auf den letzten Tropfen.
Wieviel Saft kann der Sklave spenden? Wann fängt die Lust an, weh zu tun? Mit der Venus 2000 kann man es herausfinden. Dabei ist es nicht nötig, die Maschine gleich zu kaufen. Man kann sie sich auch ausleihen oder Studios bzw. SM-Appartements mieten, in denen sie zur Verfügung steht. Google hilft, die richtige Adresse herauszufinden. Auf meinem Blog gibt es übrigens eine Liste mit SM-Appartements in Deutschland:
http://domina-lady-sas.blogspot.de/

Sklavenvertrag auswendig lernen

Der Sklave bekommt die Aufgabe, seinen Sklavenvertrag auswenig zu lernen. Gibt es keinen Vertrag, stellt die Herrin 10 individuelle Sklavenregeln auf. Der Sklave bekommt diese 10 Regeln auf einem Blatt ausgehändigt und hat die Aufgabe, die Regeln bis zur nächsten Session zu lernen.

Lustig ist es, den Sklaven in Panik zu versetzen und ihm zu sagen, dass er 10 Minuten Zeit hat, sich die 10 Regeln einzuprägen. Er wird gestresst reagieren und es macht Spaß, auf die 10 Minuten zu bestehen. Danach fragt die Herrin den Sklaven ab. Wie lautet Regel 5, wie Regel 9? Bist du sicher, dass das nicht Regel 8 ist?

Am besten, die Herrin besteht darauf, dass der Sklave alles wortwörtlich widergeben muss, nicht nur inhaltlich. Das macht es noch schwieriger für ihn. Schlechte Leistungen müssen natürlich bestraft werden. Der Rohrstock wird den Sklaven schon motivieren und seinem Gedächtnis auf die Sprünge helfen.

Hier ein Beispiel für 10 Sklavenregeln. Die Liste dient nur zur Inspiration. Je individueller die 10 Regeln sind, desto besser.

1. Der Sklave hat der Herrin zu dienen und ihr unter allen Umständen zu gehorchen.
2. Der Sklave hat kein Recht auf einen Orgasmus. Allein die Herrin bestimmt darüber.
3. Der Sklave hat nur zu Reden, wenn er dazu aufgefordert wird. Wenn er etwas gefragt wird, hat er ehrlich und offen zu antworten.
4. Der Sklave hat stets nackt und auf Knien zu sein, wenn die Herrin anwesend ist.
5. Der Sklave hat seinen Körper zu pflegen und mit Sport in Form zu halten. Im Intimbereich muss er stets perfekt rasiert sein.
6. Der Sklave hat jede Bestrafung durch die Herrin dankbar zu ertragen.
7. Der Sklave hat die Herrin stets zu Siezen.
8. Der Sklave ist exklusiv an die Herrin gebunden. Kontakte zu anderen Frauen sind ihm streng verboten.
9. Der Sklave hat der Herrin regelmäßig unaufgefordert Geschenke zu Füßen zu legen, um ihr auch auf diese Weise seine Verehrung zu zeigen.
10. Der Sklave kann von der Herrin Freundinnen vorgeführt werden, wenn sie das wünscht.

Fußfütterung

In Band eins haben wir die klassische Sklavenfütterung kennengelernt. Der Sklave isst hier das zertretene Essen von den Sohlen und den Absätzen der Herrin.

Wenn er brav war, kann die Herrin den Sklaven auch belohnen, indem sie ihre blanken Füße in Joghurt taucht und den Sklaven die Köstlichkeit von ihren Füßen lecken lässt. Ein Traum für jeden Fußfetischisten. Den Joghurt kann man weiter anreichern mit Früchten oder Frühstücksflocken. Ein schönes Sklaven-Frühstück!

Pobacken-Halter

Der Sklave wird an einem Flaschenzug aufgehängt. Seine Beine werden mit einem Karabinerhaken zwischen den Fußmannschetten fixiert. Nun wärmt die Herrin den Po des Sklaven mit einigen Schlägen mit der flachen Hand auf.

Die Herrin steckt dem Sklaven etwas zwischen die Pobacken, das er mit den Gesäßmuskeln festhalten muss. Zum Beispiel einen kleinen Dildo.

Jetzt beginnt der interessante Teil: Die Herrin versohlt dem Sklaven lustvoll den Arsch. Seine Aufgabe besteht darin, den Dildo weiter mit den Pobacken festzuhalten. Wird er stark genug sein, sich auf den Dildo konzentrieren zu können?

Statt Dildo kann man auch einen Tischtennisball nehmen, einen Stift, eine Gerte oder einen ähnlichen Gegenstand, der sich von der Form her anbietet.

Die Po-Verehrung

Die Herrin nimmt den Sklaven an die Leine und weist den Sklaven an, hinter sie zu kriechen. Sie hält die Leine so, dass die Leine zwischen ihren Beinen nach hinten zum Halsband des Sklaven führt. Nun zieht sie streng an der Leine und weist den Sklaven an, ihren Hintern mit devoten Küssen zu verehren. Lässt der Sklave nach, zieht die Herrin energisch an der Leine. Das Interessant daran ist, dass die Herrin durch die Leine unmittelbar auf die Küssen und die Leidenschaft des Sklaven Einfluß nehmen kann. Unzufrieden mit der Leidenschaft? Einfach streng an der Leine ziehen.

Der Natursektinhalator

Natursektinhalatoren kann man sich online besorgen. Es gibt sie in den verschiedensten Ausführungen, aber das Prinzip dahinter ist immer das Gleiche: Der Sklave trägt eine Maske, die über einen Schlauch mit einem Behälter verbunden ist, in dem sich der Natursekt (Urin) der Herrin befindet. Viele Sklaven finden es erregend, den NS-Duft aufzunehmen.

Das schmerzhafte Wichsen

Die Herrin fixiert den Sklaven so, dass er eine Hand frei hat und wichsen kann. Sein Po sollte ebenfalls zugänglich sein. Ein Bock eignet sich zum Beispiel gut dafür.

Nun erlaubt die Herrin dem Sklaven, sich zu wichsen und sogar zum Höhepunkt zu kommen. Der Haken an der Sache: Während er wichst, wird er von der Herrin streng ausgepeitscht oder zumindest geschlagen. Er muss also die Schmerzen ertragen und gleichzeitig versuchen, schnell zum Höhepunkt zu gelangen. Lustschmerz vom Feinsten ist die Folge.

Die Zahnbürsten-Folter

Die Herrin fixiert den Sklaven, so dass er ihr wehrlos ausgeliefert ist. Nun nimmt sie sich seinen Schwanz mit einer Zahnbürste vor. Erst reibt sie vorsichtig und quälend langsam damit über die Eichel des Subs, dann immer intensiver... Autsch!

Autsch! Franzbranntwein

Der Sklave wird wehrlos fixiert. Nun bringt die Herrin etwas Franzbranntwein auf die Eichel auf. Sie kann auch ein paar Tropfen in ein Kondom füllen und es dem Sklaven über den erregten Penis rollen. Wichtig ist, nicht zu viel davon zu nehmen, sonst besteht die Gefahr, die Schleimhäute zu verletzen. Heftiges Brennen wird die Folge dieser Behandlung sein. Wichtig zu wissen: Die Wirkung von Natursubstanzen ist nicht immer gleich. Sie kann mal intensiver und mal weniger intensiv wahrgenommen werden. Ich empfehle, sich langsam vorzutasten und mit ganz wenig Franzbranntwein zu starten.

Kategorie Rollenspiele

Das Faszinierende beim SM ist auch, dass man hier ein unbegrenztes Spielfeld für seine Phantasie vorfindet. Ein Spielfeld, auf dem alles möglich ist. Man kann in eine ganz andere Rolle schlüpfen und sich darin nach Herzenslust austoben – zumindest als dominanter Part. Aber auch für den Sub ist es spannend, eine andere Rolle anzunehmen und in eine andere Welt abzutauchen.

Kidnapping-Spiel.
Der Sklave wird von der Herrin gekidnappt. Das kann zum Beispiel auf offener Straße geschehen. Der Sub soll sich zum Beispiel zu einer vorgegebenen Zeit an einer Tankstelle einfinden. Plötzlich spürt er den Lauf einer Pistole im Rücken. Dabei handelt es sich zwar nur um eine Spielzeugpistole, aber das macht nichts, es geht ja schließlich um ein Rollenspiel. Die Herrin dirigiert den Sklaven zu seinem Wagen. Er muss losfahren, wobei er von der Herrin ständig mit der Waffe bedroht wird.

Einen Schritt weiter geht man, wenn man dem Sklaven einen Sack über den Kopf stülpt, zum Wagen führt und ihn dort fesselt. Der Sack sollte natürlich so beschaffen sein, dass der Sklave darunter gut Luft bekommt. Auch die Idee, den Sklaven im Kofferraum abzutransportieren, ist nur dann gut, wenn er dort Luft bekommt. Bitte diese Punkte unbedingt beachten, klar.

Besonders spannend ist es für den Sklaven, wenn er nicht weiß, wo ihn die Kidnapperin hinbringt, wie lange er verschleppt wird und was er zu erwarten hat. Die Herrin sollte daher unbedingt versuchen, den Sklaven über diese Punkte im Unklaren zu lassen. Andeutungen, die in verschiedene Richtungen gehen, bringen das Kopfkino des Sub auf Hochtouren.

Die Herrin sollte sich überlegen, aus welchem Grund sie den Mann entführt hat. Was will sie von ihm? Welches Ziel verfolgt sie?
Geht es zum Beispiel darum, ein Geheimnis aus ihm herauszuholen? Auch unter Anwendung von Zwang, Schmerz und Folter? Die Antwort auf diese Frage prägt den Verlauf des Spiels.
Ein intensives Erlebnis, das Spannung und Nervenkitzel verspricht. Man kann es auch mit mehreren Mitspielern durchführen.

Frau Doktor Strange
Die Herrin schlüpft in die Rolle von Frau Doktor Strange, einer ehrgeizigen Wissenschaftlerin, die das männliche Triebverhalten erforscht. Der Sklave nimmt die Rolle eines Straftäters ein, der eigentlich zu 20 Jahren Haft verurteilt worden ist, aber auf Begnadigung hoffen darf, wenn er sich als Freiwilliger für die Tests der Frau Doktor zur Verfügung stellt. Nun muss sich der Freiwillige den perversen Spielen der Wissenschaftlerin ausliefern und alles ertragen. Schließlich will er doch begnadigt werden und dem Gefägnis entgehen.

Der Boxsack.

Die Herrin möchte sich durch Sport fit halten. Das muss von ihrem Sklaven natürlich unterstützt werden. Er darf sich als Boxsack zur Verfügung stellen. Die Herrin besorgt sich Boxhandschuhe und geht mit ihrem Boxsack trainieren. Au Backe! Damit der Sklave das übersteht, soll er am besten seine Bauchmuskeln anspannen, sobald die Herrin an ihm trainiert. Die Sportlerin sollte sich sportlich zeigen und den Boxsack nicht auf empfindliche Stellen boxen. Wenn man etwas Feingefühl einsetzt und es nicht übertreibt, macht die Boxsession viel Spaß. Gerade Masos kommen so voll auf ihre Kosten. Für rein Devote Sklaven ist diese Art der Session eher nichts.

AgePlay

AgePlay steht für Spiele mit dem Alter. Der eine ist reif, erfahren, mächtig, der andere dagegen jung, unerfahren, unsicher und schwach. Durch den Unterschied zwischen jung und alt fällt es also leicht, ein Machtgefälle aufzubauen. Beispiele für solche Konstallationen sind Direktorin – Schüler, Tante – Neffe oder Chefin – Praktikant.

Wichtig: Es kommt nicht darauf an, welches Alter man tatsächlich hat. Durch das AgePlay kann auch ein 60jähriger in die Rolle des Schülers schlüpfen, der ins Zimmer des Schulleiterin zitiert wird und eine Standpauke über sich ergehen lassen muss. Teilweise entfernen sich die gewünschten Rollen extrem vom tatsächlichen Alter. Manche gestandenen Männer versetzen sich in die Rolle eines Babys. Vielleicht, um nun endlich die Zuneigung und Aufmerksamkeit zu bekommen, die sie damals von ihrer Mutter vermisst haben.

PonyPlay

Beim PonyPlay schlüpft der Sklave in die Rolle eines Pferds. Besonders interessant sind in diesem Bereich die Outfits, die dazu beitragen, dass der Sklave perfekt in seine Rolle eintauchen kann. Es gibt Pferde- oder Ponymasken, Harness-Körpergeschirre, Hufschuhe, Hufhandschuhe und Schweife, die per Analplug fixiert werden.

Das Pony wird dressiert, auf Kommando bestimmte Gangarten zu zeigen und kann auch vor einen Skuly gespannt werden, um die Herrin zu ziehen. Beliebt sind Skuly-Rennen zwischen mehreren Teams.
Wer keinen solchen Wagen hat, kann das Pferdchen auf allen Vieren traben lassen. Wenn man dafür noch einen Sattel hat: umso besser.

In einer anderen Variante steigt die Herrin dem Pferdchen auf die Schultern. Hierbei besteht jedoch eine besondere Verletzungsgefahr für den Rücken des Subs. Reitgerte, Peitsche und Trense werden gern eingesetzt, um den Dressurerfolg zu fördern.

Es liegt auf der Hand, dass ein Pferd nicht sprechen kann und nicht in einem Bett schläft, sondern im Stall. Man kann diesen Rollentausch konsequent durchspielen – bis hin zum Futter: So bekommt ein braves Pferdchen Wasser, Äpfel und auch mal ein Zuckerstückchen.

Züchterin – Deckhengst

Die dominante Züchterin möchte eine Spermaprobe von ihrem Deckhengst nehmen, um herauszufinden, wie gut er für die Zucht geeignet ist. Also wird der Hengst fixiert. Dann beginnt die Züchterin seinen Schwanz zu stimulieren und abzumelken. Mal sehen, wieviel Sperma der Deckhengst zu bieten hat.

Dieb – Kaufhausdetektivin

Der Sklave schlüpft in die Rolle eines Diebs, der von der Kaufhausdetektivin auf frischer Tat ertappt worden ist. Nun verlangt sie alle möglichen perversen Dinge von dem Mann und erpresst ihn damit, ihn sonst der Polizei zu übergeben. Oder schlimmer noch: Seine Frau zu informieren.

Los! Auf die Knie! Küss mir die Schuhe. Du gehörst jetzt mir. Und ich kann alles mit dir machen, worauf ich Lust habe.

Der Vierbeiner

Mit einem stabilen Gürtel kann man den Zweibeiner recht einfach in einen stubenreinen Vierbeiner verwandeln. Einfach den Gürtel schließen und auf den Boden legen. Der Sklaven kniet sich auf die Fläche, die der Gürtel umschließt. Nun zieht die Herrin den Gürtel so nach oben, dass er zwischen den Fußknöcheln und den Oberschenkeln des Sklaven gespannt ist. Empfehlenswert sind dazu Knieschoner, denn das Kriechen auf Knien ist anstrengend und nicht eben gesund.
So ein schönes Hundchen sollte die Herrin gleich an die Leine nehmen. Auf zum Spaziergang!

Strenge Tante – Jugendlicher

Die Tante soll auf den Jungen aufpassen. Als sie in sein Zimmer kommt, um nach dem Rechten zu sehen, überrascht sie ihn beim heimlichen Wichsen vor einem Pornofilm auf dem Computer. Aha! Auf frischer Tat ertappt! Na warte, mein Freundchen, die Tante wird dich übers Knie legen und dir die Flausen schon austreiben.

Die durchtrieben Polizistin

Bei diesem Spiel schlüpft die Herrin in die Rolle einer Polizistin oder Kommissarin, die undercover ermittelt und den Sklaven auf frischer Tat als Gangster überführt. Mit vorgehaltener (Spielzeug-)Waffe stellt sie ihn zur Rede. Der Gauner kann nun gestehen – oder die Polizistin muss eben etwas nachhelfen, den Gangster unter Druck setzen und vielleicht sogar zum Gürtel greifen, um das zu hören, was sie wissen will. Das Gewaltmonopol des Staats wird hier bis aufs äußerste ausgereizt. Ein Entkommen ist ausgeschlossen. Wie weit wird die Polizistin gehen?

Erpresserische Chefin

Britische Abgeordnete der Konservativen Partei besuchten angeblich zu Zeiten von Margaret Thatcher gerne Dominas in London. In ihrer Phantasie liebten sie es, sich der strengen Premierministerin zu unterwerfen. Kurzum: Eine dominante Chefin übt einen starken Reiz auf devote Männer aus. Und das umso mehr, wenn sie auch noch erpresserisch ist und ihre Stellung ausnutzt, um den Mann zu unterwerfen. Du möchtest eine Gehaltserhöhung? Du möchtest Urlaub nehmen? Dann tu' gefälligst etwas dafür! Hier, mein Schuh ist schmutzig. Reinige ihn gefälligst angemessen mit der Zunge. Los, auf den Boden mit dir! Oder soll ich dir etwa auch noch die Akten von Frau Braun zum Bearbeiten geben? Du brauchst wohl eine Abmahnung, oder was? Na also, geht doch.

Lustobjekt-Trainerin

Der Sklave wird von der Trainerin zum Sexspielzeug für Damen abgerichtet. Wie massiert man Damenfüße? Wie küsst man einer dominanten Lady hingebungsvoll den Po? Wie hält man sein Gesicht servil hin, wenn die Lady sich mit Ohrfeigen abreagieren möchte? Wie leckt man die Mistress zum Höhepunkt? All das bedarf eines intensiven Trainings. Dabei gibt es Strafpunkte für unfähige Objekte, die am Ende abgegolten werden. Also: höchste Konzentration, Sklave!

Maklerin – Interessent

Schöne Wohnungen sind heißbegehrt. Und manche Männer würden alles dafür tun, eine gute Wohnung zu bekommen. Aber: Die Interessenten stehen Schlange, die Immobilienmaklerin kann sich aussuchen, wen sie bevorzugen möchte. Diese Macht spielt sie nun gnadenlos aus. Sie demütigt den Interessenten, wo sie nur kann.

Ausziehen, wollen doch mal sehen, wer sich hier als Mieter vorstellt. Natürlich, ich muss schließlich sehen, was das für einer ist, der hier einziehen will. Aha, ein devoter Sklave, soso. Na, dann aber mal ab auf die Knie! Wollen doch mal sehen, wozu der neue Mieter zu gebrauchen ist.

Einbrecherin – Überfallener

„Hände hoch! Du bist in meiner Gewalt!" Die strenge Einbrecherin lässt keinen Zweifel daran, wer jetzt die Befehle gibt. Sie kann den Mann fesseln und in seinen Sachen herumwühlen. Wer weiß, vielleicht findet sie das eine oder andere peinliche Geheimnis, mit dem sie den Mann erpressen kann? Eine heimliche Pornosammlung? Heimlich aufgenommene Fotos der Kollegin? Wie peinlich! Nun ist der Mann wirklich in der Gewalt der Einbrecherin und muss alles tun, was sie verlangt.

Am besten ist es, wenn man dieses Rollenspiel in der Wohnung des Sklaven spielen kann. Dann macht das Durchsuchen der Wohnung wirklich Spaß.

Kollegin – Kollege

Die Herrin nimmt die Rolle einer Kollegin ein, die ihren Kollegen erpresst. Die Kollegin bemerkt, dass der Kollege ihr verstohlen auf die High-Heels glotzt und lädt ihn ein, sich vor sie hinzuknien und die Schuhe zu lecken. In dieser Pose fotografiert sie ihn. Jetzt hat sie den Kollegen in der Hand. Sie droht damit, die Fotos am schwarzen Brett zu veröffentlichen, wenn der Mann nicht tut, was sie verlangt. Er muss sich nackt ausziehen, vor ihr masturbieren und ihr den Po küssen. Aber das war erst der Anfang...

Gynäkologin – Schwanzmädchen

Der Sklave wird zum Schwanzmädchen, das weibliche Reizwäsche trägt und von der Frauenärztin mit einem Spekulum untersucht wird. Sterile Einweg-Vaginalspekula kann man online kaufen. Die Ärztin untersucht die Arschmöse des Schwanzmädchens, überprüft das Schwänzchen auf Funktionsfähigkeit und nimmt eine Spermaprobe.

Gesundheitlicher Hinweis: Die Spekula muss man nach dem Gebauch entsorgen, um Kreuzkontaminationen und Infektionsübertragungen zu vermeiden. Nicht mehrmals verwenden.

Macho – Hausfrau

Bei diesem Rollenspiel werden die Klischee-Rollen von Mann und Frau getauscht. Die Herrin schlüpft in die Rolle eines Machos, der Sklave in die Rolle einer devoten Hausfrau – gern auch mit weiblicher Kleidung, Mimik und Gestik unterstützt.

Die Herrin kann eine Freundin einladen und die Hausfrau den Kaffee servieren lassen, Dabei schickaniert der Macho die devote Hausfrau, wo immer das möglich ist, bedrängt die Hausfrau sexuell und macht sich über sie lustig. So ein Rollenwechsel ist äußer unterhaltsam.

Kategorie MindGames

Sex beginnt im Kopf. BDSM auch. Die meisten Sklaven stehen weniger auf Schmerzen und mehr auf Kopfkino und süße Demütigungen. Sie lieben es, dominiert und von ihrer Herrin erniedrigt zu werden. Das Gefühl, der Mistress ausgeliefert zu sein kickt sie. In dieser Kategorie sehen wir uns einige MindGames an.

Die geheime Beschriftung

Die Herrin beschriftet den Sklaven so, dass er den Text unmöglich lesen kann. Also zum Beispiel am Rücken. Dort hat man bekanntlich keine Augen. So ausgestattet besucht die Herrin nun mit dem Sklaven eine Femdom-Party. Der Sklave wird sich die ganze Zeit fragen, was die Herrin geschrieben hat. Zusätzlich kann die Herrin die Neugierde immer wieder mit Andeutungen anheizen: Also, wenn die anderen Damen das über dich erfahren, dann... na, also ich möchte nicht in deiner Haut stecken...

Oder: Das ist soooo peinlich, dass ich dir das auf den Rücken geschrieben habe!

Oder kurz vor der Party: Ich glaube, ich hätte das doch nicht auf deinen Rücken schreiben dürfen. Ich glaube, ich bin zu weit gegangen.

Die Herrin ändert jedoch nichts an der Aufschrift. Das wird den Sklaven ganz verrückt machen. Ein echter MindFuck.

Natürlich stellt sich ihr Verhalten hinterher als maßlos übertrieben heraus.

Vielleicht steht nur auf dem Rücken etwas recht Harmloses wie „Ich bin der Sklave von Lady X."

Falls die Herrin keine Party besuchen möchte, kann sie das Spiel auch zusammen mit einer Freundin durchführen, die sie nach Hause einlädt.

Ruinierter Orgasmus durch den Sklaven selbst

Ein ruinierter Orgasmus ist ein Orgasmus, den der Sklave nicht auskosten kann. Eben, weil die Herrin sofort die Hände vom Penis nimmt, sobald er anfängt zu spritzen. Keine Hand, keine Reibung, kein Vergnügen. Im ersten Ideen-Buch haben wir uns bereits damit beschäftigt.

Hier nun die Steigerung: Der Sklave muss sich seinen Orgasmus selbst ruinieren. Das muss man sich mal auf der Zunge zergehen lassen!

Diese Aufgabe erfordert ein Höchstmaß an Disziplin und Folgsamkeit. Wahrscheinlich werden Anfänger damit überfordert sein. Denn es gibt nichts Gemeineres für einen Sklaven, als im Augenblick der Ekstase, im Moment des höchsten Glücks, selbst dafür sorgen zu müssen, dass sich diese Lust in ein Gefühl der Unbefriedigung verwandelt. Doch es ist nicht nur Unbefriedigung, die der Sklave spürt, in manchen Fällen wird sogar über Schmerzen berichtet. Der Sklave wird sich winden und krampfhaft versuchen, dem Befehl der Herrin zu folgen und seine Hände unter Kontrolle zu halten.

Die Umsetzung: Der Sklave wichst sich vor der Herrin. Wenn er kurz davor ist, fragt er die Herrin devot um Erlaubnis. Nun kann die Mistress ihn ein bisschen teasen, ihm den Orgasmus erst verweigern, ein bisschen mit seiner Hoffnung spielen und ihn zappeln lassen. Ist er wieder kurz davor und fragt er wieder devot um Erlaubnis, kann die Herrin ihm den Orgasmus gewähren. „Spritz ab, Sklave", sagt die Herrin und fügt nun den verhängnisvollen Befehl hinzu: „Weg mit den Händen! Sofort! Hinter den Rücken damit!"

Diesen Befehl sollte die Herrin äußerst streng und konsequent sagen. Außerdem empfehle ich, das Szenario vorher anzukündigen und zu besprechen. Wenn die Herrin den Sklaven damit überrascht, sind selbst erfahrene Sklaven schnell überfordert. Zu stark ist ihre Natur, den Orgasmus auszukosten.

Also: Lieber den Sklaven vor der Session auf den ruinierten Orgasmus vorbereiten und einstimmen. Nach dem Motto: Sei froh, dass du dich berhaupt erleichtern darfst. Und beweise mir, dass du dazu fähig bist, im entscheidenden Moment gehorsam zu sein und nicht einfach nur deinen Trieb befriedigen zu wollen.

Das Ganze ist eine extreme Herausforderung an den Gehorrsam eines jeden Sklaven. Wenn es klappt: Glückwunsch an die Herrin, so einen gut abgerichteten Sklaven hat nicht jede Femdom.

Ballbusting antäuschen

Die Herrin tritt den Sklaven ohne Vorwarnung in die Eier. Autsch! Das tut richtig, richtig weh. Vorsicht, meine Damen, wir wollen den Sklaven doch nicht ernsthaft verletzen. Bei diesem Spiel sind Erfahrung, die nötige Härte und Einfühlungsvermögen gefragt. Gar nicht so einfach.

Ist der erste Tritt geglückt, beginnt der Spaß. Der Sklave wird nun – verständlicher Weise – große Angst vor dem nächsten Tritt haben. Wenn er den Befehl bekommt, die Beine zu spreizen, um seine Weichteile der Herrin für den nächsten Tritt anzubieten, wird ihn das allergrößte Überwindung kosten. Er wird regelrecht Angst haben. Selbst die erfahrendsten Maso-Sklaven haben Respekt vor einem Ballbusting, weil es sehr schmerzhaft ist. Kein Mann der Welt kann unbeeindruckt bleiben, wenn ihm eine Frau in die Eier tritt.

Besonders reizvoll ist es, den Sklaven wehrlos gefesselt vor sich zu haben. Er kann zum Beispiel mit den Armen nach oben an einen Flaschenzug fixiert sein, während die Herrin vor ihm steht und immer wieder mit einem Bein antäuscht, ihn in seine Kronjuwelen treten zu wollen. Ein hartes Psychospiel, das für die Herrin aber überaus unterhaltsam ist, weil sie die Angst des Sklaven sehr deutlich spüren kann.

Der Handycheck

Smartphones nutzt man heute eher als Computer und weniger als Telefon. Das führt dazu, dass sich auf den Geräten wichtige, sensible und oft auch intime Daten befinden. Mit anderen Worten: Handys sind Geheimnisträger. Entsprechend unangenehm ist es für die meisten Sklaven, wenn sie ihr Handy aus der Hand geben müssen – natürlich mit allen Passwörtern und Sperrcodes. Die Herrin muss schließlich nachsehen können, ob der Sklave auch noch Kontakte zu anderen Damen pflegt. Er wird ihr doch nicht etwa untreu sein?

Schon der Versuch, das Handy vom Sklaven einzufordern, ist amüsant. Am Ende geht es gar nicht darum, in den Daten des Sklaven zu schnüffeln, sondern allein darum, ihn soweit zu bringen, das Handy tatsächlich auszuliefern. Das ist ein großer Vertrauensbeweis und sollte entsprechend belohnt werden.

Ich empfehle, nur anzukündigen, das Handy genau unter die Lupe zu nehmen, das Handy zu verlangen – und dann aber sofort zurückzugeben ohne einen Blick darauf geworfen zu haben.

Die Reis-Challange

Die Herrin verstreut weißen und braunen Reis auf einem Teller, mischt die Reiskörner und verlangt vom Sklaven, den Reis sorgfältig zu trennen und in zwei Schüsseln zu sammeln.

Um es noch schwieriger zu machen, darf er den Reis nur mit einer Pinzette berühren, nicht aber mit seinen schmutzigen Sklavenpfoten. (Sklavenpfoten sind immer schmutzig, selbst dann, wenn sie sauber sind.) Das Ganze verlangt vom Sklaven höchste Konzentration. Es liegt im Wesen der meisten Sklaven, dass sie sich Mühe geben und einen guten Job machen wollen. Es ist höchst frustrierend, wenn sie dafür kein Lob ernten, sondern schickaniert werden. Die Herrin sabotiert ihre Bemühungen, indem sie ganz offen falsche Körner in die Schüssel gibt und dann den Sklaven beschuldigt, unsauber zu arbeiten. Gerade dann, wenn der Sklave sich schon 20 Minuten abgemüht hat, ist dieses Erlebnis höchst ungerecht und frustierend.

Der vermeintliche Sex- und Lecksklave

Die Herrin eröffnet dem Sklaven, dass sie ihn einer attraktiven Freundin als Sex- und Lecksklaven zur Verfügung stellen wird. Klar, dass sich der Sklave darüber freut und sicher ganz aufgeregt sein wird. Steigern kann man die Vorfreude noch, indem man sagt, der Sklave würde sogar zwei oder drei Freundinnen auf diese Weise dienen dürfen. Wichtig ist, dass der Sklave wirklich Lust auf die erwähnten Frauen hat. Je attraktiver sie sind, desto besser.

Der Sklave wird beauftragt, alles vorzubereiten. Er hat Kondome und Gleitgel zu besorgen, das Liebesnetz schön herzurichten und für eine angenehme Atmosphäre zu sorgen (stimmungsvolle Musik, Sekt, gedämpftes Licht).

Nun wird es ernst. Sobald die Dame oder die Damen eintreffen stellt die Herrin den Sklaven als Sex- und Lecksklaven vor. Feierlich enthüllt sie sein Gemächt – da ist es plötzlich ganz still im Raum. Eine Herrin beginnt zu kichern. „Der ist ja winzig!", sagt eine andere unangenehm berührt und scheinbar überrascht. Die Damen diskutieren über den Minipimmel und kommen zu dem Ergebnis, dass es sich hier um einen Irrtum handeln muss. Ein so winziger Penis kann auf keinen Fall eine Frau befriedigen. Der Sklave muss in einen KG gesperrt werden und fortan als KG-Sklave dienen. Ein harter Schlag für den Sub – unter die Gürtellinie. Hinweis: es ist völlig egal, wie groß der Penis des Sklaven tatsächlich ist. Wenn die Damen den Penis als klein bezeichnen, wird der Sklave es glauben.

Seife für das freche Mundwerk

Ein Sklave, der frech war, muss bestraft werden. Man muss aber nicht immer zu einem Schlaginstrument greifen. Sogar noch einprägsamer ist ein Stück Seife. Die Herrin wäscht ihm das freche Mundwerk. Sicher wird er sich wehren. Auch sollte die Herrin darauf achten, dass er keine gesundheitlichen Schäden nimmt, sich verschluckt und so weiter. Aber zumindest symbolisch sollte sie ihm mit Nachdruck den Mund waschen. Ein Erlebnis, das der Sklave so schnell nicht wieder vergessen wird. Noch Stunden danach hat er den Seifengeschmack im Mund.

Sklaven-Problemzonen

Männer haben die sonderbare Eigenschaft, mit sich zufriede zu sein, obwohl sie es nicht sein sollten. Ich meine das zum Beispiel bezogen auf ihr äußeres Erscheinungsbild. Waschbär- statt Waschbrettbauch? Ach, halb so schlimm, findet der Sklave.
Die Herrin sieht das anders. Um dem Sklaven ihre Sicht vor Augen zu führen, stellt sie ihn vor einen Spiegel und fordert ihn auf, sich für alles an sich zu entschuldigen, was ihm einfällt.
Verstärken kann die Herrin das Thema, indem sie die Problemzonen des Sklaven mit einem Marker markiert. Ich empfehle allerdings, einen wasserlöslichen Stift zu verwenden...
Am Ende könnte dem Sklaven klar werden, dass er eine einzige große Problemzone ist.

Das Zimmermädchen

Ein interessantes Spiel für Hotelaufenthalte. Nach der Übernachtung und dem Frühstück räumt die Herrin ihre Sachen zusammen. In vielen Hotels muss man gegen 12 Uhr auschecken, gut eignet sich für dieses Spiel die Uhrzeit gegen 10.30 oder 11 Uhr.

Während die Herrin inzwischen ganz normal gekleidet ist, muss sich der Sklave ausziehen. Die Herrin verschnürt den Sub und führt ihm einen Dildo ein. Wichtig ist, dass er sich unter keinen Umständen befreien kann. Die Herrin verbindet ihm die Augen und stellt sicher, dass er wirklich nichts mehr sehen kann. Nun wird er auch noch geknebelt. Die Mistress kündigt an, zur Rezeption zu gehen, um sich nach etwas zu erkundigen. Der gefesselte Sklave bleibt zurück.

Plötzlich klopft es. Wenn die Herrin ihre Stimme gut verstellen kann, dann kann sie auch „Zimmerservice" rufen. Da der Sklave sich nicht rühren kann, muss er hilflos erleben, wie ihn das vermeintliche Zimmermädchen vorfindet. Hier kann die Herrin mit den Geräuschen ihrer Schuhe spielen. Sie sollte erst zielstrebig und geschäftig ins Zimmer laufen – und dann plötzlich stehen bleiben. Vielleicht hört man von ihr einen kurzen Ausdruck des Erstaunens. Ein kurzes „Oh!" genügt. Sie bleibt kurz stehen. Vielleicht hört man kurz danach das Geräusch, das ein Handy macht, wenn man fotografiert. Dann geht sie schnell aus dem Raum.

5 Minuten später ist die Herrin wieder da. Der Sklave wird in seinem Kopf einem extrem peinlichen Szenario unterworfen. Dieses Spiel ist nur etwas für erfahrene Sklaven, die wirklich etwas vertragen und der Herrin unter allen Umständen ergeben sind.

Wichtig ist auch, dass die Herrin immer ein „Do not Disturb"-Schild an der Zimmertüre hängen lässt. Nicht, dass irgendwann das echte Zimmermädchen hereinplatzt.

Blindflug-Vorführung

Der Sklave wird von der Herrin einer oder mehreren Freundinnen vorgeführt. In der Praxis ist es so, dass viele Frauen zwar neugierig auf so eine Vorführung sind, aber durch die ungewohnte Situation gestresst sind und Angst davor haben, weil sie nicht wissen, wie sie sich zu verhalten haben.

Diese Unsicherheit kann man vielen Frauen nehmen, wenn man ankündigt, dass der Sklave mit verbundenen Augen dient. Er kann die Dame oder die Damen also nicht sehen.

Ehrlicher Weise muss ich sagen, dass Sklaven das gar nicht mögen. Sie sind visuelle Wesen und möchte die Frauen gern sehen. Wenn es aber hilft, die Damen zu überzeugen, sollte man das ruhig einmal ausprobieren.

Der unbekannte Verehrer

Die Herrin baut vor dem Sklaven das Bild eines unbekannten Verehrers auf. Dadurch schürt sie seine Eifersucht und fordert ihn zu Höchstleistungen heraus. Das Ganze könnte zum Beispiel mit einem prächtigen Blumenstrauß beginnen, den der Sklave eines Tages im Wohnzimmer der Herrin sieht. Dass die Herrin ihn sich selbst geschickt hat, inklusive charmanter Grußkarte, muss der Sklave ja nicht wissen.

In den folgenden Tagen präsentiert die Herrin stolz Geschenke, die angeblich ebenfalls von ihrem Verehrer stammen. Der Sklave wird immer eifersüchtiger werden – vor allem, wenn er erfährt, dass sich seine Herrin auf den Verehrer einlässt.

Der zerbrochene Rohrstock

Ein starkes Symbol für eine strenge und sadistische Femdom ist ein zerbrochener Rohrstock. Gerade am Anfang einer SM-Beziehung kann ein scheinbar achtlos herumliegender zerbrochener Rohrstock eine einprägsame Entdeckung für den Sklaven sein. Er wird sofort voller Respekt – um nicht zu sagen voller Angst – vor der Herrin sein und seine Bemühungen verdoppeln, die Dame zufrieden zu stellen. Schließlich hat er ja mit eigenen Augen gesehen, was sonst passieren könnte. Im Kopf des Sklaven ist die Herrin nun eine strenge Sadistin, mit der nicht zu spaßen ist. Der Sklave war noch nie so folgsam.

Kategorie Humiliation

„Humiliation" bedeutet: „Erniedrigung". Viele Subs lieben es, sich von ihrer Herrin demütigen zu lassen. In dieser Kategorie geht es um Ideen, wie die Herrin dem Sklaven die Schamesröte ins Gesicht treiben kann. Dabei ist es wichtig die Psyche des Sklaven zu verstehen. Wer Erniedrigungen liebt, für den sind etwa Ohrfeigen süßer Lustschmerz. Es tut zwar weh, eine harte Backpfeife zu bekommen, aber es erregt den Sklaven auch.

Small Penis Humiliation: die Eisbeutel-Idee

Unter der Formulierung „Small Penis Humiliation" versteht man Praktiken, durch die der Sklave wegen seinem kleinen Penis erniedrigt wird. Dabei kommt es nicht darauf an, ob sein Penis tatsächlich klein ist oder nicht. Sogar Männer mit großem Penis können auf diese Weise gedemütigt und als Kleinschwanz ausgelacht werden. Männer aufgrund ihres (vermeintlich) kleinen Penises auszulachen trifft sie im Kern ihrer Männlichkeit. Das tut richtig weh!

Bei der Eisbeutel-Idee macht sich die Herrin die Tatsache zu Nutze, dass der Schwanz bei Kälte kleiner wird. Es liegt nahe, diese Kälte mit Eisbeuteln herzustellen. Die Herrin legt den Sklaven in Bondage und legt Eisbeutel auf seinen Penis. Das hat zum einen den Effekt, dass der Sklave sich in seinen Fesseln winden wird, um der Kälte zu entgehen. Damit sein bestes Stück keinen Schaden nimmt, darf die Kälte nur kurz auf ihn einwirken. Wir wollen doch nicht, dass ihm etwas abfriert. Sein Penis wird schnell reagieren, sich klein machen und in der Vorhaut verkriechen. Nun kann die Herrin die Eisbeutel zur Seite legen und sich über den winzigen Penis lustig machen. Wie demütigend!

Small Penis Humiliation: Schwanzvergleich
Äußerst unterhaltsam ist es, wenn die Herrin ihren Strap-on mit dem Penis des Sklaven vergleicht. Vorzugsweise sollte die Herrin einen Strap-on auswählen, der den Sklavenpenis in jeder Hinsicht deutlich überragt. So wird dem Sklaven seine Minderwertigkeit vor Augen geführt. Es ist daher nur natürlich, dass er sich seiner Herrin als Sklave unterwirft und ihr zumindest als Sub dient, wenn er schon mit seinem Penis nicht dazu in der Lage ist, eine Frau zufrieden zu stellen.

Die Herrin kann dieses Spiel unendlich auskosten. Zum Beispiel, indem sie dem Sklaven immer wieder vorschwärmt, wie großartig es doch ist, einen ordentlichen Schwanz zu haben und wie minderwertig und lächerlich so ein winziger Sklavenpimmel aussieht.

Small Penis Humiliation: Wichsen mit der Pinzette

Der Sklave, so erklärt die Herrin, hat so einen kleinen Mikropenis, dass er eine Pinzette benutzen muss, wenn er sich einen runterholen will.

Genau das passiert: Der Sklave bekommt eine Pinzette (mit abgerundeten Kanten) und soll sich vor der Herrin damit wichsen. Er darf vorsichtig die Vorhaut nach hinten ziehen und an sich herumspielen.

Viele Sklaven werden die Herrin fragend ansehen. Sie wissen nicht, wie sie die Pinzette für ihren Orgasmus einsetzen sollen. In diesem Fall lacht die Herrin am besten, nimmt ihm die Pinzette ab und meint, sogar zum Wichsen sei der Sklave noch zu dämlich.

Eine äußerst peinliche Geschichte, die man beim nächsten Femdom-Treff unbedingt den Freundinnen erzählen muss.

Small Penis Humiliation: die Lupe

Die Herrin nimmt eine Lupe zur Hand und begibt sich auf die Suche nach dem Penis des Sklaven. Wo ist er nur? Wo kann er nur stecken? Am Ende bricht die Herrin die Suche ohne Ergebnis ab. Der Minipenis ist einfach nicht zu sehen. Vielleicht schaut sie irgendwann noch mal nach – mit einem Mikroskop.

Wichsen zwischen dem Klodeckel

Der Sklave darf wichsen – aber anders, als er sich das erhofft hat. Er darf seinen Penis zwischen den Klodeckel klemmen und auf diese Weise stimulieren. Wie peinlich! Wenn das eine Freundin der Herrin sehen würde... Nicht auszudenken...

Fremdes Sperma?

Der Sklave darf sich selbst befriedigen und auf einen Teller spritzen. Dann muss er das Sperma auflecken, es auf der Zunge halten und der Herrin die Spermazunge präsentieren. Die Herrin macht ein Foto davon und kündigt an, es ihren Freundinnen zu zeigen. Aber mit einer anderen Geschichte. Sie wird erzählen, der Sklave habe eine heimliche Bi-Neigung und hätte einen anderen Sklaven oral befriedigt. Wie peinlich! Ob die Herren diese Geschichte ihren Freundinnen tatsächlich erzählt, spielt keine Rolle. Der Sklave glaubt es und wird sich entsprechend schämen, darum geht es.

Der Pig Nose Hook

Der Sklave wird mit einem Pig Nose Hook zum Schwein gemacht. In jedem Nasenloch wird ein Haken befestigt, der die Nase an einer dünnen Schnur nach oben bzw. nach hinten zieht. Auf diese Weise bekommt der Sklave eine Art Schweineschnauze. Wer ein Foto sehen will, muss nur nach „Pig Nose Hook" googeln. Man kann den Sklaven wunderbar damit erniedrigen.

Verschärfend kann man ihn auffordern, wie ein Schwein zu grunze und zu quieken. Extrem wird es, wenn sich der Sklave selbst im Spiegel bestaunen soll. Hier muss man psychologisch aufpassen, dass man es nicht zu weit treibt und das Selbstbild des Sklaven nicht zu brutal prägt. In jedem Fall empfehle ich, den Sklaven nach der Session gut aufzufangen und ihn wieder auf Augenhöhe zu bringen.

Den Pig Nose Hook"kann man in SM-Boutiquen kaufen. Oft gibt es zu dieser Ausrüstung noch Haken dazu, mit denen man den Mund des Sklaven offen halten bzw. verzerren kann.

Die Sexpuppe

Wirklich sehr demütigend ist es, wenn der Sklave keine echte Frau vögeln darf, sondern nur eine aufblasbare Sexpuppe. Sexpuppe gibt es in fast allen Sexshops. Je gröber und schlichter die Puppe ausgearbeitet ist, desto demütigender ist es für den Sub. Die Puppe bekommt einen Namen und wird zu einer richtigen Persönlichkeit, zur Freundin des Sklaven.

Diese Idee bietet sich dafür an, das Geschehen mit spitzen Bewerkungen noch zusätzlich auszukosten. Eine Steigerung stellt die Einbindung in eine Vorführung dar. Der Sklave wird erst vorgeführt und besteigt am Ende der Session seine „Freundin", die Sexpuppe. Wirklich extrem peinlich! Er ist nicht gut genug für eine richtige Frau.

Die künstliche Vagina

Eine Variante zur Sexpuppe ist die künstliche Vagina. Es gibt Sexspielzeuge, mit denen sich Männer selbst befriedigen können. Der Sklave hat sich vor die Herrin zu knien und sich mit so einer künstlichen Muschi zu befriedigen. Ebenso wie die Sexpuppe erhält auch die künstliche Muschi einen Namen. „Chantalle" zum Beispiel. Oder „Angelique". Wie romantisch! Ich glaube, da haben sich zwei gesucht und gefunden. Was für ein schönes Paar!

Die Schuhsohle

Meiner Beobachtung nach sind unglaublich viele Sklaven Schuh- und Fußfetischisten. Gerade High-Heels und Stilettos erregen mehr Sklaven, als man denkt. Viele andere Femdoms bestätigen mir diese Vermutung.

Entsprechend gemein ist es, einem Sklaven seinen Fetisch vor Augen zu halten, aber ihn nicht küssen oder ablecken zu lassen. Nein, der Sklave darf nicht den High-Heel verehren und so seine Fetischlust befriedigen. Er darf nicht den spitzen langen Absatz blasen und auch nicht liebevoll das edle Material des Schuhs küssen und ablecken. Alles, was er darf, ist die Schuhunterseite abzulecken.

Selbst Sklaven, die größten Wert auf Hygiene legen, sind bereit dazu, um ihrem Fetisch wenigstens noch auf diese Weise nahe sein zu dürfen.

Die Aktion sollte die Herrin mit entsprechender Verbalerotik auskosten. Der Sklave ist es einfach nicht wert, das obere Material lecken und küssen zu dürfen. Alles, was er bekommt, ist die Sohle. Die Schuhe der Herrin waren nach diesem Spielchen noch nie so heiß begehrt. Denn psychologisch gesehen wollen wir immer das am innigsten, was wir nicht haben können.

Spitting

In Band 1 des Ideenbuchs haben wir dieses Thema bereits gestreift. Unter dem Oberbegriff „Spitting", also „Spucken", versteht man Spiele mit dem Speichel der Herrin. In manchen Femdom-Beziehungen gibt es keinen Kuss, im professionellen Domina-Bereich zum Beispiel. Als „Ersatz" gibt es die einseitige Übertragung der Herrinnenspucke an den Sub. Die Herrin spuckt ihn in den weit geöffneten Mund. In Kombination mit Ohrfeigen und Zurechtweisungen ist das Anspucken eine extreme Demütigung. Vor allem dann, wenn die Herrin dem Sklaven verbietet, sich die Spucke aus dem Gesicht zu wischen. Diese Form der Besudelung ist vergleichbar mit der Vorliebe vieler dominanter Männer, einer Frau ins Gesicht zu spritzen.

Ziel-Spitting

Ein beliebtes Spiel ist es, den Sklaven anzuweisen, seinen Mund weit zu öffnen und nun zu versuchen, beim Spucken in seinen Mund zu treffen. Oft genug geht das Spucken daneben und der Sklave muss es aushalten, dass der Speichel an seinem Gesicht herunterrinnt. Gerade unerfahrene Subs haben den Impuls, sich die Spucke wegzuwischen. Das kann man einfach verhindern, indem man dem Sklaven die Hände hinter dem Rücken fixiert.

Die Herrin kann auch auf Dinge spucken und vom Sub verlangen, den Speichel wegzulecken. Ideal eignen sich dazu zum Beispiel die Stiefel oder die High-Heels der Herrin. In diesem Fall dient die Spucke als eine Art Schuhwichse.

Das Gangbang-Helferlein

Diese Idee würde auch in die Kategorie „KGTraining" passen. Der KG-Sklave (KG heißt Keuschheitsgürtel) wird im abgeschlossenen Zustand auf einen Gangbang geschickt. Alle Männer vögeln und lassen sich den Schwanz blasen – nur der Sklave nicht. In so einer Umgebung ist es noch demütigender, von der Herrin keusch gehalten zu werden. Wenn der Sklave anonym bleiben will, kann er eine Maske tragen. Allerdings sollte man bedenken, dass die Demütigung dann nur noch halb so stark ist.
Der Sklave kann sich um das Buffet für die Herren kümmern, frische Kondome und Gleitgel reichen oder sich sonst nützlich machen.

Er muss miterleben, wie schön es ist, nicht verschlossen zu sein.

Cuckold-Dienste

Im ersten Band haben wir bereits das Cockold-Thema kennengelernt. Zur Erinnerung: Darunter versteht man einen Mann, der Lust daraus zieht, wenn sich seine Frau sexuell mit einem anderen auslebt. Der andere Mann setzt ihm sozusagen die Hörner auf.

Eine Steiegrung dieses Themas tritt dann ein, wenn der Cuckold diese Beziehung nicht nur duldet, sondern aktiv fördert. Zum Beispiel, indem er für das Abendessen des Paars und ihr Hotelzimmer bezahlen muss.
Oder, indem er die Wohnung aufräumt, in der sich das Paar später vergnügen wird.
Er kann auch dazu verdonnert werden, das Hemd des Mannes zu bügeln, der nebenan im Ehebett seine Frau vernascht. Oder er kann sogar neben dem Bett mit Kondomen und Gleitgel bereit stehen.
Kurzum: Es geht darum, den Cuckold so in das Spiel einzubeziehen, dass er es unterstützt. Auf diese Weise wird seine Erniedrigung noch größer.

Der Cuckold als Spermafresser

Der Gedanke beim Cockolding ist, den Sklaven spüren zu lassen, dass andere Männer die Herrin haben können, er aber nicht. Der Sklave bezieht aus dieser Demütigung seine Lust. Das ist nichts für jeden, aber für manche Sklaven schon (es gibt überraschend viele, die das erregt).

Eine weitere Steigerung besteht darin, den Sklaven weiter in Kontakt mit dem Herrn zu bringen, der die Herrin sexuell beglücken darf.

So ist es extrem demütigend, wenn der Sklave nach dem Verkehr das benutzte Kondom austrinken muss. Womöglich sogar vor den Augen seines Rivalen.

Anilingus/Rimming

Unter Anilingus versteht man die Praxis, dass der Sklave die Herrin am Anus mit der Zunge verwöhnt. Er leckt ihr sozusagen den Arsch. Dieser Umstand wird von den einen als demütigend, von den anderen als lustvolles Privileg wahrgenommen.

Um das Geschehen in Richtung Demütigung zu steuern, sollte die Herrin mit entsprechender Verbalerotik mithelfen. Sie kann sagen, dass der Sklave nicht würdig ist, ihre Möse zu lecken und höchstens den Arsch berühren darf.

Wunderbar verbinden kann man Anilingus mit Facesitting, wobei es sich empfiehlt, den Sklaven dabei bewegungslos zu fixieren. So ist er der Herrin ausgeliegert und sie kann sogar über seine Atemluft bestimmen. Auf Letzteres sollte man sich als Sub nur mit einer erfahrenen Herrin einlassen, die weiß, was sie tut und der man absolut vertraut.

Zum Thema Hygiene sei gesagt, dass sich die Herrin vor dem Anilingus gut waschen sollte, klar.

Das Gefühl einer leckenden Zunge am After ist übrigens sehr angenehm. Auch wenn man von der Praktik im ersten Moment zurückschreckt, sollte man doch einmal darüber nachdenken.

Das etwas andere Toilettenpapier.

Eine extremere Form des Anilingus ist es, den Sklaven nach dem Toilettengang als eine Art Klopapier zu gebrauchen. Dieses Spiel ist eine extreme Demütigung und nur etwas für sehr erfahrene Sklaven, die gut abgerichtet sind und es als Auszeichnung verstehen, der Herrin auf diese Weise intim dienen zu dürfen. Unbedingt erforderlich ist es, das Geschehen mit verbalen Spitzen zu kommentieren. Sonst ist es für den Sub nur halb so aufregend.

Sauna mit KG

Die Herrin nimmt ihren Sklaven mit in die Sauna. Das ist zum einen eine Ehre für den Sklaven, aber auch eine extreme Demütigung, wenn er dabei einen KG tragen muss. Dabei sollte man darauf achten, den KG nicht mit einem Metallschloss zu verschließen, sondern mit einem nummerierten Einweg-Plastikverschluss. Das Metall heizt sich schließlich auf und kann so brennend heiß werden.
Diese Maßnahme sollte man nur mit einem Sklaven durchführen, der Lust bei einer öffentlichen Präsentaton empfindet (Public Humiliation).

Selbstbestrafung

Der Sklave soll sich vor den Augen der Herrin selbst bestrafen. Also selbst schlagen, selbst kneifen, selbst Ohrfeigen oder selbst mit dem Dildo nehmen.
Die Herrin sitzt entspannt dabei und sieht zu, wie sich der Sklave selbst fertig macht. Ab und zu würzt sie das Geschehen mit einem herablassenden Kommentar oder feuert den Sklaven an, es sich noch härter zu geben. Wie peinlich!

Kategorie KGTraining

Bei der Kategorie KGTraining steht die Keuschhaltung des Subs im Mittelpunkt. KG ist die Abkürzung für Keuschheitsgürtel. Wenn man den Penis eines Mannes kontrolliert, kontrolliert man den ganzen Mann. Ich empfehle daher jeder Femdom, diesem Thema ihre volle Aufmerksamkeit zu widmen.

Der abgebrochene Footjob

Das KGTraining lässt sich verschärfen, indem man den Sklaven aufsperrt und ihn so erregt, dass er kurz vor dem Höhepunkt ist. In dieser Situation verweigert man dem Sklaven konsequent den Orgasmus und schließt ihn wieder ein.

Eine besonders gemeine Variante ist, den Sklaven mit einem Footjob zu erregen. Der Sklave liegt dazu zum Beispiel auf dem Rücken und wird vom KG befreit. Die Herrin sitzt bequem auf einem Sessel oder auf dem Sklaven, nimmt seinen Penis zwischen ihre Füße und wichst mit ihnen den Schwanz. Sie weist den Sklaven streng an, um Erlaubnis zu fragen, bevor er kommt. Die Mistress lässt den Sub glauben, dass sie ihn erlösen wird. Die Verweigerung des Höhepunkts muss für den Sub völlig überraschend kommen. Wenn er schon vorher ahnt, dass er am Ende doch nicht kommen darf, ist die Spannung weg. Er muss sich darauf freuen und voller Hoffnung sein. Umso größer ist die Enttäuschung, wenn ihm klar wird, dass die Herrin nur ein böses Spiel mit ihm gespielt hat.

Seine Geilheit steigt ins Unermessliche. Wenn er wieder im KG ist, wird er alles tun, um die Herrin zufrieden zu stellen.

Die Launen einer Diva

Eine weitere Variante zum Tease- und Denial ist, den Sklaven nach einer besonders guten Leistung aufzuschließen und ihn zur Belohnung wichsen zu lassen. Der Sklave muss den Eindruck haben, nun für seine gute Leistung belohnt zu werden.

Die Herrin befielt ihm, sie um Erlaubnis zu bitten, bevor er spritzt. Voller Hoffnung wird der Sub die Herrin darum bitten. Nun weist ihn die Herrin völlig überraschend an, sofort die Hände hinter den Rücken zu nehmen. Sie erklärt, es sich anders überlegt zu haben. Einen Grund muss sie nicht nennen. Es ist einfach eine Laune. Männer hassen diese plötzlichen Launen und Stimmungsschwankungen. Der Sklave wird wieder verschlossen. Ganz gleich, ob er bettelt oder nicht. Die Herrin darf sich auf gar keinen Faller erweichen lassen. So wird dem Sklaven spürbar deutlich gemacht, dass er ganz in der Hand der Mistress und von ihren Launen abhängig ist. Sie kann mit ihm tun und lassen, was sie möchte.

Der WichsWürfel

KG-Sklaven ersehnen nichts so sehr, als sich wichsen zu dürfen. Die Herrin tut ihnen den Gefallen. Der Sklave bekommt einen Würfel (oder zwei) und würfelt. Die Augenzahl bildet die Anzahl der Wichsbewegungen, die er an seinem aufgeschlossenen Schwanz mit der Hand ausführen darf. Würfelt er mit einem Würzel eine Vier, darf er seinen Penis vier Mal vor und zurück wichsen. Das ist in jedem Fall deutlich zu wenig, um zum Höhepunkt zu kommen. Der Sklave bekommt einen minimalen Geschmack davon, wie schön sich Selbstbefriedigung anfühlt. Aber damit verbunden ist auch eine harte Strafe, denn nach dem Kurz-Wichsen wird er wieder verschlossen. Vielleicht darf er morgen wieder würfeln – wenn er brav ist.

Das Dildo-Teasing

Der KG-Sklave kniet vor dem Sofa und muss mitansehen, wie sich die Herrin mit einem Dildo verwöhnt. Sie kann ihn zusätzlich damit aufziehen, dass sie den Dildo mit dem Minischwanz des Sklaven vergleicht. Da der Sklave sie nicht verdient, muss sie sich nun eben anders Vergnügen bereiten. Für den Sklaven eine Aktion zwischen Himmel und Hölle. Er genießt es, seine Herrin so zu sehen – ist aber zum passiven Zusehen verurteilt und kann sich selbst keine Befriedigung verschaffen.

Der String-Tease

Die Herrin zieht einen getragenen String so über die Nase des KG-Sklaven, dass er den Duft der Herrin vor der Nase hat.

Später kann sie ihm den String als Knebel in den Mund stecken. Anregend, aber auch erniedrigend.

Das Bad der Herrin

Der Sklave wird angewiesen, der Herrin ein schönes Bad in der Badewanne vorzubereiten. Er muss sich richtig Mühe geben und muss das Badezimmer sinnlich dekorieren. Zum Beispiel mit Kerzen, Rosenblättern und einem feinen Schaumbad zu angenehm tempertieren Wasser.

Die Herrin genießt nackt das Bad. Ein Umstand, der den KG-Sklaven nicht eben kalt lassen dürfte. Noch schwieriger wird es für ihn, wenn sich die Herrin verführerisch bewegt, ihre Brüste knetet oder er sogar einen ihrer Füße küssen darf.

Das unmögliche Spritzen

Der KG-Sklave wird zu Höchstleistungen angetrieben, indem die Herrin ihm einen Belohnung in Aussicht stellt. Ja, er darf spritzen, wenn er besonders gute Leistungen zeigt. Zum Beispiel im Haushalt oder bei einer Session.

Die Herrin ist auch durchaus bereit, ihr Versprechen einzulösen und Wort zu halten. Sie fesselt den Sklaven, zum Beispiel an ein Kreuz, einen Stuhl oder an einen Flaschenzug, öffnet den Keuschheitsgürtel und erlaubt ihm nun, abzuspritzen.

Dumm nur, dass der Sklave ohne Stimulation wohl kaum in der Lage dazu sein wird. Er möchte nichts lieber, als zu wichsen, kann es aber nicht, weil er gefesselt ist.

Die Herrin kann sich nun wundern, warum er nicht spritzt. Hat er etwa keine Lust mehr? Soetwas undankbares! Wer nicht will, der hat schon. Dann eben nicht. Du kommst jetzt wieder in den KG, Sklave!

Die zerstörten KG-Schlüssel

Die Schlösser für Keuschheitsgürtel werden in der Regel mit zwei Schlüsseln geliefert. Einen Schlüssel sollte die Herrin zur Sicherheit in ihrer Wohnung aufbewahren, den anderen kann sie immer mit sich führen. Zum Beispiel am Schlüsselbund oder an einem neckischen Fußkettchen.

Die Herrin lässt nun heimlich einen dritten und vierten Schlüssel anfertigen. Hat sie sich einmal wirklich sehr über den Sklaven geärgert, kann sie Folgendes tun. Sie schimpft den Sklaven aus und kündigt an, ihn nun für immer keusch zu halten. Ihre Geduld sei am Ende, der Sklave werde nie wieder spritzen und bleibe für immer im KG.

Der Sklave wird nicht glauben, dass seine Herrin so grausam ist. Also tritt sie den Beweis an. Sie gibt ihm den Schlüssel. Er darf den Schlüssel ins Schloss stecken und aufschließen – aber nur, damit er sieht, dass es wirklich der KG-Schlüssel ist. Sofort wird der KG wieder verschlossen. Die Herrin nimmt einen Hammer und einen Eisenmeisel und vertrümmert damit den Schlüssel. Sie kann auch den Sklaven anweisen, es selbst zu tun. Bleibt noch der Ersatzschlüssel. Auch mit diesem Schlüssel muss sich der Sklave erst aufsperren, um zu sehen, dass es tatsächlich der echte Schlüssel ist. Der KG wird geschlossen und der Schlüssel vor den Augen des entsetzten Sklaven zerstört. Der Sklave wird panisch sein vor Angst. War es das? Wird er tatsächlich für immer im KG bleiben müssen?

Die Herrin versetzt ihm eine harte Abreibung und reitet dabei darauf darauf herum, dass der Sklave nun für immer im KG gefangen sei.

Am Ende erlöst sie ihn und zeigt ihm die zwei neuen Schlüssel.

Dildo-Challenge

Die Herrin legt dem Sklaven eine Reihe von Dildos vor. Wenn sie nur zwei oder drei Dildos hat, kann sie die Sammlung durch Bananen oder Rüben ergänzen.

Der Sklave wird nun vor die Aufgabe gestellt, so viele Dildos wie möglich in den Mund zu nehmen. Oder die Herrin verlangt gleich von ihm, alle Dildos in den Mund zu nehmen – selbst dann, wenn das ganz offensichtlich völlig unmöglich ist.

Kategorie PartyPlay

In dieser Kategorie geht es um Ideen, die man auf einer SM-Party mit einem Sklaven spielen kann. Dabei ist es besonders reizvoll, andere Femdoms in das Spiel mit einzubeziehen. Achte darauf, dass du nur solche Damen zum Spiel einlädst, denen du vertraust und die zuverlässig sowie verantwortungsbewusst sind. Schließlich trägst du die Verantwortung für deinen Sklaven und musst sicherstellen, dass seine Gesundheit zu keinem Zeitpunkt gefährdet wird. Wenn man diesen Punkt ernst nimmt und immer darauf achtet, die richtigen Mitspielerinnen auszuwählen, dann machen diese Partyspiele großen Spaß und sorgen für eine Menge gute Laune und Gesprächsstoff.

Vorführung als sozialer Druck

Das Thema Vorführung ist uns schon im ersten Band begegnet. Grundsätzlich versteht man darunter, dass die Herrin den Sklaven anderen Damen zeigt, ihn vor Zuschauern benutzt und Übungen machen lässt, um seine Ergebenheit zu demonstrieren.

In manchen Fällen kann man so eine Vorführung nutzen, um dem Sklaven zu helfen, sich zu überwinden. Zum Beispiel, wenn er gerne den Natursekt der Herrin aufnehmen würde, sich aber irgendwie nicht überwinden kann, wenn es ernst wird. In so einem Fall kann die Herrin die Vorführung nutzen, um sozialen Druck auf ihn auszuüben. Sie kündigt den anderen Damen stolz an, was der Sklave gleich tun wird. Auf ihm lastet ein großer Druck, seine Herrin nun nicht vor den anderen Damen zu blamieren. Er MUSS sich überwinden.

Der Stripper

Man könnte diese Idee auch als Rollenspiel einordnen, aber ich denke, in der Kategorie „PartyPlay" ist sie besser aufgehoben.

Strippen will gelernt sein. Nicht nur bei Frauen, sondern vor allem auch bei Männern. Wer keine Ahnung davon hat, blamiert sich schnell und gibt eine jämmerliche Figur ab. Es ist oft völlig lächerlich, was Sklaven zeigen, wenn man sie auffordert zu strippen. In der Frauengruppe sorgt so ein Schauspiel schnell für große Erheiterung. Probiere es einfach mal aus.

Die Reizüberflutung

Männer, so sagt man, können sich immer nur auf eine Sache konzentrieren. Umso verwirrender wird es für sie, wenn sie vielen Reizen gleichzeitig ausgesetzt sind (Reizüberflutung). Ein ideales Szenario dafür ist zum Beispiel eine klassische Verhörsituation. Der Sklave ist an einen Stuhl fixiert, eine Lampe leuchtet ihn unangenehm ins Gesicht, eine Frau brüllt ihn an, nun endlich seine Schuld zu gestehen und den Namen seiner Kontaktperson zu enthüllen. Eine zweite Frau versetzt seinem Penis einen Stromstoß. Eine dritte Frau kneift seine Brustwarzen... und so fort. Je mehr Mitspieler und je mehr Sinne angesprochen werden, desto intensiver die Eindrücke. Diese Spielform ist allerdings nur etwas für Sklaven, die hart im Nehmen sind und keine Herzprobleme haben.

Der unmögliche Schuhkuss

Sehr viele Sklaven haben eine Schwäche für High-Heels und lieben es, wenn sie das Objekt ihrer Begierde küssen und ablecken dürfen.

Beim unmöglichen Schuhkuss nutzen die Herrinnen diese Vorliebe, um den Sklaven in eine Zwickmühle zu bringen, aus der es kein Entrinnen gibt. Eine Lady befielt dem Sklaven, zu ihr zu kriechen und ihren Schuh zu verehren. Nun schaltet sich eine zweite Dame ein und befielt dem Sklaven, zu ihr zu krabbeln und ihre Schuhe zu küssen. Der Sklave sitzt in der Falle. Was er auch tut – er kann nur verlieren. Kommt er dem Befehl der zweiten Dame nach, verstößt er gegen die Forderung der ersten. Sie hat ihm schließlich nicht befohlen aufzuhören. Kriecht er zur zweiten Lady muss sie lautstark und überrascht protestieren. Sie darf sich aber nicht bei der zweiten Dame beschweren, sondern beim Sklaven.

Ignoriert der Sklave dagegen den Wunsch der zweiten Dame, ist das erst Recht falsch und muss entsprechend bestraft werden.

Je mehr Damen mitmachen und je mehr Forderungen und Befehle von allen Seiten auf den Sklaven einprasseln, desto verwirrter, verzweifelter und schuldbewusster wird er sich fühlen.

Beste Voraussetzungen, um den Sklaven auszuschimpfen, zu ohrfeigen und nach Lust und Laune zu bestrafen. Denn es ist völlig offensichtlich, dass er die Wünsche der Damen nicht erfüllen konnte. Wie auch? Ein Sklave kann sich schließlich nicht klonen und immer nur einer Herrin zu Diensten sein.

Multitasking

Diese Idee geht ebenfalls in die Richtung des unmöglichen Schuhkusses. Wieder prasseln von mehreren Damen Aufgaben auf den Sklaven ein. Jedoch baut sich das Vorgehen diesmal langsam Schritt für Schritt auf. Es geht darum, dem Sklaven immer eine weitere Aufgabe zu geben, die er gleichzeitig (!) mit den bisherigen Aufgaben erfüllen muss.

Ein Beispiel soll das anschaulich machen. Der Sklave liegt auf dem Rücken vor einem Sofa, auf dem drei Herrinnen sitzen. Er massiert mit den Händen die Füße von Herrin 1. Herrin 2 fordert ihn auf, den Mund weit zu öffnen und ihr als Aschenbecher zu dienen. Diese zweite Aufgabe muss er parallel zu Aufgabe 1 meistern. Er darf also nicht plötzlich aufhören, die Füße von Herrin 1 zu massieren. Multitasking ist angesagt.
Nun schaltet sich Lady 3 ein. Sie zieht ihre Schuhe aus, umschließt den Penis des Sklaven mit ihren Füßen und fordert ihn auf, Fickbewegungen zu machen und sich selbst an ihren Füßen zum Höhepunkt zu bringen. Vielleicht stößt eine vierte Dame dazu, die ein Kompliment vom Sklaven hören möchte. Und so weiter und so weiter. Bis der Sklave schließlich irgendwann nicht mehr alle Aufgaben gleichzeitig ausführen kann.

Meistens klappt das Spiel wunderbar und erstaunlich gut, es kommen immer mehr Aufgabe dazu – und dann kommt der Punkt, an dem alles schief geht und der Sklave völlig aus dem Rhythmus gerät.

An dieser Stelle empfehle ich, den Moment auszukosten, an dem allen klar ist, dass der Sklave gescheitert ist. Peinliche Stille ist hier das mächtigste Instrument. Es hat stärkere Wirkung auf die Psyche des Sklaven als ein Peitschenhieb.

Wenn der Moment ausgekostet ist, kommt das Unvermeidliche: die Abstrafung.

Impotent

Diese Idee ist überaus gemein und stellt die Psyche eines Sklaven auf eine harte Probe. Man könnte sie auch in die Kategorie „MindGames" oder „Humiliation" einordnen.

Die Herrin nimmt den Sklaven auf der Party heimlich beiseite und erlaubt ihm, ihre Schuhe zu küssen und sich dabei selbst zu befriedigen. Der Sklave spritzt ab und bedankt sich für diese Großzügigkeit. Es geht ihm gut, alles ist bestens. Er muss der Herrin versprechen niemandem von ihrer Gnade zu erzählen.

Nun kehrt die Herrin mit ihm zurück auf die Party und erlaubt ihm nun, sich vor ihr und den Augen ihrer Freundinnen zum Höhepunkt zu wichsen. Die Herrin tut so, als ob der Orgasmus gerade eben nicht passiert wäre. Sollte der Sklave es wagen, trotz Verbot von seinem heimlichen Orgasmus zu berichten, streitet die Herrin alles ab und spricht von dummen Schutzbehauptungen. Wenn der Sklave sehr potent ist, wird er es vielleicht schaffen, zweimal hintereinander zu kommen. Falls nicht, steht er als unfähig da und kann aufs Schönste verbal erniedrigt werden. Männern ist es äußerst peinlich, vor anderen Frauen als impotent dazustehen. Es trifft sie in ihrer Männlichkeit und ist eine wirklich harte Strafe. Die Mistress sollte gut überlegen, ob sie ihrem Sklaven das zumuten möchte. Falls ja: Sehr schön, es ist ein wirklich amüsanter Spaß.

Es besteht auch die Möglichkeit, die Freundinnen einzuweihen. Dann können sie beruhigt in die Erniedrigung einstimmen. Erfahrungsgemäß ist es nämlich so, dass viele Frauen Mitleid mit dem Sklaven haben, ihn sogar in Schutz nehmen und nicht in die Demütigungen miteinstimmen wollen. Daher ist es sogar klug, die Freundinnen vorher einzuweihen.

Ketchup-Bukkake

Viele Männer stehen darauf, Frauen ihr Sperma ins Gesicht zu spritzen. Eine Dominanzgeste, die sie über die Frau erhebt. Es gibt einige Möglichkeiten, dieses Bukkake-Spiel umzudrehen. In Band 1 haben wir die Version mit dem Spitting kennengelernt. Mindestens ebenso dirty ist es, den Sklaven einzukreisen und eine Ketchuppackung aus Plastik so zu halten, als habe Frau einen Schwanz. Der Sklave muss vorkriechen und sich Gesicht präsentieren. Die Herrin stöhnt, als würde sie wie ein Mann gleich zum Höhepunkt kommen. Das ist natürlich höhnisch gemeint und dazu da, um den Sklaven zu veralbern.

Die Herrin spritzt das Ketchup aus dem Behälter ins Gesicht des Sklaven. Er muss brav schlucken und Reste des Ketchups auflecken.

In der harten Variante kann man auch Senf nehmen. Das gibt eine schöne Sauerei, macht aber unglaublich viel Spaß. Für die Putzarbeiten ist der Sklave zuständig.

Doppeldildo

Dieses Spiel ist höchst unterhaltsam und sicher ein Highlight jeder Party. Allerdings ist das Spiel nur für erfahrene, belastbare Sklaven geeignet, die keine Berührungsängste untereinander haben. Am besten wäre es sogar, wenn sie eine Bi-Neigung haben. Das ist aber keine Voraussetzung.

Die Sklaven reiben ihre Rosette mit reichlich Gleitgel ein, gehen auf die Knie und positionieren sich Po an Po. Eine Herrin reicht ihnen einen Doppeldildo, dessen beide Seiten mit einem Kondom geschützt sind. Diesen Doppeldildo müssen sich die Sklaven nun vor den Augen aller Partygäste einführen.

Eine äußerst peinliche Angelegenheit, die aber für großes Amusement bei den Gästen sorgt und noch lange Gesprächsstoff liefert. Die Gäste können durch Klatschen den Takt vorgeben, in dem sich die Sklaven bewegen sollen. Einfach herrlich!

Öffentliches Verhör

Der Skave hat der Partygesellschaft Rede und Antwort zu stehen. Das Ziel der FemDoms ist es, den Sklaven mit ihren Fragen in Verlegenheit zu bringen.

Mit welcher Hand wichst du, Sklave?

Woran denkst du, wenn du es dir selbst machst?

Hast du schon mal Natursekt aufgenommen?

Fragen kann man alles.

Der Sklave darf sich nicht verweigern, sondern muss ehrlich und offen antworten. Weigert er sich, droht eine harte Strafe.

Gewürzt werden kann das Verhör mit Abstrafungseinheiten, um dem Sklaven die Zunge zu lockern.

Öffentliches Tribunal

Ein öffentliches Tribunal ist eine Art Gerichtsverhandlung. Solche Versammlungen wurden zum Beispiel im OKW abgehalten, dem Other World Kingdom. Der Sklave wurde von seiner Herrin eines Vergehens angeklagt. Er wurde dem hohen Gericht vorgeführt und musste seine Schuld öffentlich eingestehen. Leugnen half nichts, denn verurteilt wurde er in jedem Fall. Wer glaubt schon einem Sklaven?

Nun braucht man keine Richterroben, um so ein Tribunal abhalten zu können – nur ein bisschen Phantasie und Spaß am Spiel.

Der Sklave ist der Beschuldigte, die Herrin die Klägerin. Eine weitere Dame übernimmt die strenge Staatsanwältin, die den Sklaven verhört und mit Fragen löchert. Eine weitere Herrin wird zur Richterin ernannt. Diese Rollenverteilung sollte im Vorfeld genau geklärt sein, sonst kommt das Szenario ins Wanken und das Kopfkino springt nicht an.

Nach der Urteilsverkündung folgt die Strafe.

Das Tribunal kann dem Sklaven vor dem Urteilsspruch erlauben, das Wort zu ergreifen. Zum Beispiel, um alles zu gestehen, um Gnade zu bitten oder um eine Erklärung abzugeben, die für mildernde Umstände sorgen soll. Ob sich das Gericht davon beeindrucken lässt, bleibt anzuwarten.

Alle außer du

Auf der Party kümmert sich die Herrin großzügig um andere Sklaven und erlaubt jedem einzelnen zu kommen. Jeder Sklave darf abspritzen – nur der eigene nicht. Wie frustrierend und gemein!

Sklavenverleih

Das Gefühl von Macht ist ein echter Kick für jede Femdom. Entsprechend genießen viele Sklaven das Gefühl, der Herrin willenlos ausgeliefert zu sein. Sehr deutlich wird dieses Verhältnis, wenn die Herrin ihren Sklaven an eine andere Femdom ausleiht. Sie stellt ihr den Sklaven zur Verfügung – natürlich im Rahmen seiner Möglichkeiten und Tabus. Der Sklave wird also behandelt wie ein Gegenstand. Er hat kein Recht zur Mitsprache und kann sich nicht wehren. Ohnmächtig muss er erleben, dass er ganz in der Gewalt seiner Herrin ist.

Dabei muss die Herrin jedoch mit Fingerspitzengefühl vorgehen. In der Praxis funktioniert es in den seltensten Fällen, wenn der Sklave einer Herrin zur Verfügung stehen muss, die er gar nicht mag. Die Chemie sollte schon stimmen.

Wichtig ist auch, der anderen Herrin konkret und präzise mitzuteilen, was der Sklave mag und was nicht. Tabus sollten sehr klar genannt werden. Ich empfehle, das sogar schriftlich mit Stichpunkten festzuhalten. So kann die Dame hinterher nicht behaupten, alles sei nur ein dummes Missverständnis.

Klar, dass die Herrin nur eine Lady aussuchen sollte, der sie absolut vertraut. Auch, wenn nun die andere Dame übernimmt: Noch immer ist es die Herrin, die die Verantwortung für den Sub trägt. Diese Verantwortung kann ihr niemand abnehmen. Ich denke, es genügt, den Verleih auf eine Stunde zu begrenzen, wenn man damit noch nicht viel Erfahrung hat.

Sklaventheater

Dieses Spiel ist äußerst unterhaltsam und bestens für Partys geeignet. Der Sklave soll vor den versammelten Damen eine Session mit einer Person vorspielen, die vom Publikum spontan bestimmt wird. So kann das Publikum zum Beispiel Angelina Jolie aussuchen. Oder eine Politikerin, Sängerin, Sportlerin, Moderatorin oder oder oder.
Der Sklave muss nun seine Stimme entsprechend verstellen und beide Rollen spielen: die der Domina und die des Sklaven. Das Ganze hängt sehr vom schauspielerischen und kreativen Talent des Subs ab, kann aber auch gerade dann sehr lustig sein, wenn der Sklave gar kein Talent hat.

Sklaven-Wettkampf

Sklaven gegeneinander antreten zu lassen ist eine spannende Angelegenheit. Grundsätzlich ist die Frage: Welcher Sklave ist der Beste?

Wie diese Frage zu beantworten ist, hängt ganz davon ab, was man selbst unter einem richtig guten Sklaven versteht. Möchte man einen Sub, der sehr belastbar ist, kann man die Sklaven Strafen unterwerfen und schauen, wer am belastbarsten ist.

Wer kann am meisten Rohstockschläge einstecken? Wer ist bereit, am meisten für die Herrin zu leiden? Wer verkraftet das schwerste Gewicht an den Hoden? Wer kann am schnellsten spritzen?

Beim Sklaven-Wettkampf finden es die Femdoms heraus. Es versteht sich, dass der Sieger belohnt wird.

Sissy-String-Vorführung

Man muss den Sklaven nicht unbedingt an einer klassischen Leine vorführen. Das kann man auch anders machen, amüsanter und peinlicher.

Die Herrin befiehlt dem Sklaven, einen pinken Damenstring anzuziehen und sich auf alle Viere zu begeben. Nun greift die Herrin beherzt beim String zu, nimmt die Bändchen wie eine Leine und führt so den Sklaven den anderen Damen vor. Sollte der String dabei reißen ist es nur umso peinlicher für den Sub – und umso lustiger für die Damen.

So, das waren 111 SM-Spielideen. Ich hoffe, Du hattest eine anregende Lektüre und hast genügend Inspiration für Deine nächste Session gefunden.

Du möchtest noch mehr Ideen? Kein Problem. Im dritten Band meiner Buchserie habe ich weitere 111 Spielideen zusammengestellt. Suche auf Amazon nach dem Titel „111 SM Spielideen, Band 3".

Kontakt und Feedback

Du hast selbst noch aufregende, spannende Ideen, die hier fehlen? Sende mir gerne eine E-Mail an madamesaskia@web.de, ich bin gespannt.

Außerdem würde mich sehr interessieren, wie du das Buch findest. Schreibe mir persönlich an meine E-Mail-Adresse madamesaskia@web.de oder hinterlasse eine Bewertung auf amazon.

Besuche gern auch meinen Femdom-Blog, auf dem ich viele interessante Interviews mit Profi-Dominas für dich zusammengestellt habe und auch meine eigene Sichtweise darstelle:
http://domina-lady-sas.blogspot.de/

Mehr von Lady Sas

Beruflich habe ich zwar mehr mit Zahlen zu tun, aber das Schreiben macht mit Spaß. Inzwischen haben sich drei Buch-Kategorien herausgebildet.

Kategorie 1: eigene autobiografische Erlebnisberichte

Kategorie 2: Rat- und Ideengeber

Kategorie 3: Experimentelles und Ausgedachtes

Wo gibt es meine Bücher?

Meine Bücher gibt es auf amazon als gedruckte Taschenbücher und eBooks. Einfach den Suchbegriff „Lady Sas" eingeben, um meine Bücher angezeigt zu bekommen.

Kategorie 1: Eigene autobiografische Erlebnisberichte.

"Plötzlich Domina – mein geheimes Leben als private Domina"

Dieses Buch erzählt, wie alles begann.

"Sklaventausch"

Mein erster Kontakt mit Lady Judith. Das Buch berichtet über eine Nacht in einem Hamburger Hotel. Lady Judith und ich tauschen Sklaven. So war es zumindest gedacht...

„Amsterdom"

Ich werde mit meinem Sklaven Toytoy auf einer FemDom-Party nach Amsterdam eingeladen. Hier kommt es zu einer überraschenden Session, bei der Toytoy zum Spielzeug einer ganzen Frauengruppe wird. Wird er diese ultimative Herausforderung bewältigen können?

"48 Stunden BDSM"

Mein Sklave Toytoy bittet um eine dauerhafte Kennzeichnung: ein Tattoo. Zusammen mit Lady Judith unterziehe ich ihn intensiven Prüfungen.

"Domina-Duell"

Miss J. gegen Lady Sas.

Ich liebe es, Toytoy anderen dominanten Damen vorzuführen. Die 21jährige Miss J. erweist sich scheinbar als Glücksgriff und Naturtalent. Rasend schnell entwickelt sie sich zu einer Extrem-Herrin, die mich heimlich zu überflügeln versucht. Miss J. verfolgt den geheimen Plan, mir den Sklaven auszuspannen. Viel zu spät entdecke ich, was die Studentin eigentlich beabsichtigt.

Kategorie 2: Rat- und Ideengeber.

"111 SM Spielideen Herrin – Sklave" Band 1, 2, 3

In dieser Buchreihe habe ich 111 Ideen für noch bessere Sessions zusammengestellt. Die Ideen sind in 5 Kategorien eingeteilt:

1. SessionPlay: Ideen für eine klassische Session zwischen Herrin und Sklave.

2. Rollenspiele: Ideen für ein Abtauchen in eine andere Rolle und ein anderes Setting.

3. MindGames: Psychospiele für das Kopfkino.

4. KG-Training: Ideen für einen Sklaven, der einen Keuschheitsgürtel (KG) trägt.

5. PartyPlay: Ideen für Femdom-Partys bzw. Spiele mit mehreren Femdoms.

"111 SM Spielideen Herr – Sklavin, Band 1 und 2"

Zur besseren Übersicht habe ich das Buch in fünf Kapitel gegliedert.

1.   Stets zu Diensten: klassische Ideen für das Spiel zwischen Herr und Sklavin

2.   SlutTraining: Ideen mit Fokus auf das Sexuelle

3.   Rollenspiele: Herr und Sklavin schlüpfen in andere Rollen

4.   MindGames: an- und erregende Psychospiele

5.   PartyPlay: Spiele auf Partys mit mehreren Teilnehmern

„Sklaventraining 1 und 2"

Sachbücher, die Sklaven deutlich machen, worauf es einer dominanten Dame ankommt und wie sie ihre Chancen erhöhen, eine private Herrin zu finden.

„So wirst du eine gute Sklavin – SM-Ratgeber von Lady Sas"

Das Buch richtet sich an devote Frauen und hilft ihnen, in ihre Rolle zu finden und Unsicherheiten abzubauen.

"111 Sex Ideen – frische Impulse und Ideen für mehr Spaß im Bett".

Die 111 Ideen sind in vier Kategorien eingeteilt:

1. Kategorie: Prickelnde Bettideen

2. Kategorie: Fun & Toys

3. Kategorie: Heiße Rollenspiele

4. Kategorie: Ungewöhnliche Orte

„Von 0 auf Bull".

Ein Leitfaden für Bulls, die das Cuckolding-Spiel lieben.

Femdom Akademie, SM-Kurs für Herrinnen & Subs, Anfänger & Fortgeschrittene

Ein Sachbuch, das Anfängern und Fortgeschrittenen zu mehr Sicherheit und Spaß in der Session verhelfen soll.

Kategorie 3: Experimentelles und Ausgedachtes.

Interaktive BDSM Kopfkino-Serie

Interaktives SM-Kopfkino mit mir. Schlüpfe in die Rolle meines Sklaven und lass dich zu einem brauchbaren Sub ausbilden. Diese überaus realistischen Bücher sind gut geeignet, sich auf die Erziehung vorzubereiten.

Mord im Dominastudio

Mein erster Erotik-Krimi.

Verkehrte Welt in Stuttgart: Eine attraktive Domina wurde selbst gepeitscht und gequält bevor sie bestialisch und grausam ermordet wurde. Hauptkommissar Richard Baumgärtner und seine Kollegin Hauptkommissar Lisa Franz übernehmen die Ermittlungen. Zunächst deutet alles darauf hin, dass der Domina-Killer aus Frankfurt/Main nun auch in Stuttgart sein Unwesen treibt. Doch schnell wird klar, dass der Fall wesentlich komplizierter ist und nicht jeder mit offenen Karten spielt. Ein Erotik-Krimi voller dunkler Geheimnisse und pikanter Wendungen.

Cuckold Geschichten

Bittersüße Demütigungen von Lady Sas für keusche, devote Männer.

69 Cuckold Spielideen – prickelnder Spaß für Hotwives und ihre gehörnten Männer.

Cuckold-Beziehungen haben vor allem einen Feind: die Routine. Immer das Gleich ist langweilig. Diese 69 prickelnden Ideen helfen Hotwife, Cucki und Bull dabei, ihre Dates heiß, abwechslungsreich und spannend zu halten. So wird jedes Spiel zum Highlight.

Zur besseren Übersicht ist das Buch in fünf Kategorien gegliedert.

1.Kategorie "Einbindung des Cuckis"

2.Kategorien "Hotwife und Bull"

3.Kategorie "Keuschhaltung des Cuckis"

4.Kategorie "Demütigung des Cuckis"

5.Kategorie "Femininisierung des Cuckis"

Fortsetzung folgt.

Bonus.

Leseprobe aus dem Buch „Domina Duell – Kampf um Toytoy".

BLUTJUNGE DOMINANZ.

„Saukrass", sagt Miss J. und hält sich erstaunt eine Hand vor den offenen Mund, als sie meinen Sklaven Toytoy zum ersten Mal sieht. Er kniet kerzengerade in der Küche vor der gekachelten Wand und hat einen großen schwarzen Dildo im Mund, der mit einem Saugnapf an der Wand befestigt ist. Seine Handmanschetten sind mit einem Karabinerhaken auf den Rücken fixiert, seine Fußmanschetten sind ebenfalls mit einem solchen Haken verbunden.

Toytoy ist vollkommen nackt.
Noch peinlicher wird Toytoys Erscheinungsbild dadurch, dass er sabbert. Der Speichel läuft ihm aus dem Mund und hat sich unter seinem Kinn angesammelt.

Fasziniert betrachtet Miss J. meinen Sklaven.
„Was hat er angestellt?", fragt sie, als ihr Blick über seinem schlanken, muskulösen Körper wandert. Rücken und Hintern sind mit einigen dicken, roten Striemen überzogen.
„Nichts Besonderes", sage ich leichthin, nehme das gelbe Post-it von der Wand, das auf Toytoys Augenhöhe angebracht war und reiche es Miss J. Neugierig versucht sie die krakelige Schrift des Sklaven zu entziffern. „Ich... werde... nie wieder... Herrinnen-Spucke ab... was heißt das?"

„Abwischen", ergänze ich.

„Ich werde nie wieder Herrinnen-Spucke abwischen? Was soll das denn heißen?"

„Wenn man einen Sklaven in den Mund spuckt, dann nennt man das ,Spitting'. Oder 'Domina-Kuss'. Eine Maßnahme, um dem Sklaven klar zu machen, wer er ist. Naja, da geht mitunter auch mal etwas daneben. Toytoy hat sich das Gesicht abgewischt, als er meinte, ich sehe gerade nicht hin."

„Das ist aber schon echt krass, oder, das mit dem Spitting?", fragt Miss J. und sieht mich mit ihren großen blauen Augen an wie ein naives kleines Engelchen.

Ich übergehe die Frage.

„Das ist Miss J., Toytoy. Sie wird heute unser Gast sein. Ich hoffe, du wirst dich angemessen benehmen."

Miss J. und macht noch einen Schritt näher auf Toytoy zu.

Sie beugt sich etwas zu ihm herunter und betrachtet ihn genau. Toytoy versucht ebenfalls, einen Blick auf die unbekannte Lady zu werfen und verdreht die Augen, um Miss J. betrachten zu können. Aber da sie etwas hinter ihm steht, kann er nichts von ihr erkennen.

„Wie lange hast du ihn schon?"

„Seit Februar 2011", antworte ich nicht ohne Stolz.

„Oh, wow, das ist ja echt lang! War er immer schon dein Sklave?", fragt Miss J. und stöckelt auf ihren High-Heels um ihn herum. Sie läuft nicht oft in so hohen Schuhen, das merkt man.

„Ja, wir führen eine reine BDSM-Beziehung."

„Saukrass", kommentiert Miss J und sieht ein wenig fassungslos aus.

Kein Wunder, mit 21 Jahren hat man sexuell sicher noch nicht alles gesehen und ausprobiert. Ich habe Miss J. über das Erotikportal Joyclub.de kennengelernt und zu mir nach Hause eingeladen, um ihr meinen Sklaven vorzuführen. Wir wohnen beide in Frankfurt/Main, das macht es einfach. Miss J. studiert an der Uni und wohnt mit zwei Kommilitoninnen in einer WG. Was sie jetzt wohl von mir denkt?

Forschend betrachte ich ihr ovales Gesicht, das von langen dunkelblonden Haaren umrahmt wird. Noch etwas dunkler und man könnte von brünett sprechen. Sie hat eine schlanke Nase. Ihre Augenbrauen sind etwas gezupft, aber recht natürlich und kein dünner Strich wie bei anderen Frauen. Die blauen Augen mit einem Anflug von Grün darin sind dezent geschminkt. Ich finde ihre Augen sehr lebhaft und ausdrucksstark. Durch die langen Haare wirkt Miss J. noch jünger und weiblicher. Ihre Lippen sind rot und voll, besonders die Unterlippe. Eine natürliche Schönheit. Und jung. Verdammt jung. Auf der Stirn: keine einzige Falte. Um die Augen: perfekte, glatte Haut. Beneidenswert.

Mir fällt auf, dass sie keine Ohrringe trägt und auch keinen einzigen Ring am Finger hat. Nur eine schlichte, elegante Damenuhr baumelt an ihrem linken Handgelenk. Das Fräuleinwunder wirkt eher wie eine Abiturientin – und nicht wie eine Studentin.

Miss J. stemmt die Hände in die schmalen Hüften und lässt die Szenerie auf sich wirken.

„Saukrass", meint sie schließlich, lacht und schüttelt den Kopf.

Im Prinzip ist es nichts Neues für Toytoy, einer völlig fremden Frau als Sklave vorgeführt zu werden. In dieser peinlichen Situation habe ich ihn allerdings noch nie präsentiert. Aber da Routine Gift für jede Beziehung ist (auch beim BDSM), ist es sicher eine gute Idee, immer mal wieder etwas Neues zu probieren. So bleibt das Spiel überraschend und aufregend.

Ich befreie Toytoys Arme und Beine von der Fixierung und ziehe ihn am Halsband nach hinten. Toytoy muss kurz röcheln, als der große Dildo aus seinem Mund gleitet. Erst jetzt sieht man, wie groß der Dildo in seinem Mund tatsächlich war und wie tief er in Toytoys Rachen gesteckt hat.

„Mann-o-Mann!", meint Miss J. anerkennend, „Das ist aber ein ordentliches Teil."

Erschöpft sinkt Toytoy zur Seite und stützt sich mit den Händen auf dem Boden ab. Seine Arme und Beine müssen sich erst wieder an die Freiheit gewöhnen. Kaum ist er wieder zu Atem gekommen, sucht sein Blick die neue Herrin. Als er in das Gesicht der blutjungen Miss J. sieht, wirkt er überrascht und elektrisiert.

Eine so junge Herrin hätte er nicht erwartet. Tatsächlich habe ich ihn noch nie einer 21-Jährigen vorgeführt. Doch das alleine ist es nicht. Miss J. ist nicht nur außergewöhnlich jung, sondern auch wirklich schön. Ihre mädchenhaft-zierliche Figur steckt in einem schicken, dunkelblauen Hosenanzug. In einem Rock hätte sie Toytoy sicher lieber gesehen. Aber auch so wirkt Miss J. so auf ihn, wie ich es erwartet habe. Ich selbst habe mich für ein schickes Business-Kostüm entschieden, das ich mich langen Lackstiefeln kombiniert habe, was ich einen sehr interessanten Look finde.

„Wie lange war er denn in dieser... na... Position?", will Miss J. wissen.
„Na, etwa eine halbe Stunde", sage ich.
Und in strengem Tonfall füge ich zu Toytoy hinzu: „Sieh dich nur an, Sklave! Völlig eingesaut und vollgesabbert! Schämst du dich denn gar nicht?"
„Entschuldigung, Herrin", keucht Toytoy und geht mühsam in die Sklavenstellung: aufrecht knieend, Hände mit den Handinnenflächen nach oben auf den Oberschenkeln, Blick devot gesenkt.
„Was ist das denn?", will Miss J. neugierig wissen und deutet mit einem High-Heel auf den CB 6000 Keuschheitsgürtel zwischen Toytoys Beinen.
„Das ist ein KG, eine Keuschheitsschelle. Sie drückt den Penis nach unten, so dass er sich nicht aufstellen kann", beschreibe ich die Funktion des transparenten Kunststoffs mit dem kleinen eisernen Schloss daran.
„Saukrass", freut sich Miss J., „Und du hast den Schlüssel?"

Lächeln greife ich an meinen Hals und fische einen kleinen Schlüssel aus meinem Dekollete.

„Ganz genau. So, Sklave. Du gehst jetzt duschen und kommst dann zu uns ins Wohnzimmer. Der Plug bleibt drin!" Der Sklave krabbelt aus der Küche. Als er uns den Po zuwendet, sieht man den Butplug aus seinem Loch herausragen.

„Er sieht echt gut aus", meint Miss J. zu mir, als Toytoy außer Hörweite ist. „Ja, er ist auf jeden Fall ein kleines Leckerchen", bestätige ich, „Über zehn Jahre jünger als ich."

„Sehr geil! Wie ist es so, einen Sklaven zu haben?" Ich hole zwei Sektgläser aus dem Schrank und eine Flasche aus dem Kühlschrank und überlege eine Weile.

„Na... aufregend", sage ich schließlich und öffne die Flasche. Selbst ist die Frau.

„Ist er denn bi? Lutscht er gern Schwänze?" „Nein, er ist nicht bi. Deshalb ist es ja so schön, ihn den Dildo lutschen zu lassen", sage ich, „Also: Auf einen schönen Abend!" Wir prosten uns zu und als ich Miss J. in die Augen sehe, glaube ich eine Spur von aufflackernder Lust in ihren Augen zu erkennen. Ich hatte schon Bedenken, die junge Lady könnte schockiert sein. Aber davon kann gar nicht die Rede sein, sie wirkt völlig entspannt und sehr interessiert. Erstaunlich. Meine Tochter ist beinahe in ihrem Alter.

Einen Moment lang frage ich mich, ob sie wohl genauso abgebrüht und ruhig reagieren würde, wenn man ihr einen SM-Sklaven vorführen würde. Schnell verscheuche ich den Gedanken. Über so etwas möchte eine Mutter nun wirklich nicht nachdenken.

Wir sitzen gemütlich im Wohnzimmer und plaudern über Toytoy, als er schließlich hereinkriecht. Frisch geduscht und diesmal ganz ohne Sabber. Fein. Im Hintergrund läuft leise Klaviermusik.
Die roten Kerzen auf dem Sofatisch zaubern eine beinahe feierliche Stimmung in mein schönes, großes Wohnzimmer.
Zügig krabbelt Toytoy über das Parkett auf uns zu. Zwei Meter vor uns bleibt er stehen und geht in die Sklavengrundstellung. Wie gesagt: Aufrecht kniend, Beine leicht gespreizt, Hände mit den Handinnenflächen nach oben auf den Oberschenkeln ruhend, Blick devot gesenkt.

„Bring mir die Leine, Toytoy", befehle ich ungnädig und deute auf die Hundeleine auf dem Sofatisch. Diensteifrig kriecht er zum Tisch, und nimmt die Leine mit den Zähnen auf.
„Er darf dazu keine Hände nehmen", erkläre ich Miss J., die fasziniert zusieht, wie Toytoy die Hundeleine in meine geöffnete Hand fallen lässt.
Ich bemerke, wie Toytoy heimlich nach oben lugt und Miss J. ab und zu heimliche Blicke zuwirft.
„Er ist neugierig auf dich", stelle ich fest.

Miss J. sind die Blicke nicht entgangen. Sie schlägt die langen Beine übereinander, wippt nervös mit einem Fuß und wirft ihr langes Haar zurück. Offenbar ist ihr nicht ganz wohl in ihrer Haut, sie weiß nicht, was sie machen soll bzw. ob sie überhaupt etwas tun soll.

Ich stehe auf, hake die Leine bei Toytoys Halsband ein und führe ihn vor Miss J.

„So, Sklave. Du darfst Miss J. jetzt begrüßen. Aber gib dir Mühe! Die junge Herrin ist sehr verwöhnt und anspruchsvoll."

„Ja, Lady Sas", sagt Toytoy atemlos und bedeckt Miss J.s vorangestellten Leder-High-Heel mit devoten Küssen.

„Saukrass", staunt Miss J. und sieht fasziniert zu, wie Toytoy mit geschlossenen Augen ihren Schuh küsst und ableckt.

„Er begrüßt immer den Schuh, den du voranstellst. Wenn du möchtest, dass er wechselt, musst du den anderen Schuh voranstellen", erläutere ich.

„Begrüßen heißt also den Schuh küssen und ablecken?"

„Ja, genau. Er begrüßt dich mit einer Unterwerfungsgeste. Das ist so ein Ritual am Anfang einer Session."

„Ist das nur bei euch so oder ist das ganz grundsätzlich so beim SM?"

„Naja...", überlege ich, „Ich denke schon, dass das durchaus üblich ist. Aber SM ist sehr individuell. Die eine macht es so, die andere wieder ganz anders. Da muss jede Frau ihren eigenen Weg finden."

„Wie spricht man ihn an?"

„Sag einfach ‚Sklave' zu ihm. Oder ‚Toytoy', das ist sein Sklaven-Name."

„Jetzt den anderen, Sklave Toytoy!", ruft Miss J. etwas zu dominant und laut während sie den anderen Schuh voranstellt. Augenblicklich wechselt Toytoy den Schuh und Miss J. sieht mich strahlend an.

„Das hat geklappt!", meint sie aufgeregt.

Ich muss lachen, weil sie sich so über diesen „Erfolg" freut.

„Lachst du mich aus?", will sie etwas verärgert wissen.

„Entschuldige bitte", sage ich und setze mich neben sie aufs Sofa. „Nein, ich lache dich nicht aus. Es ist nur so, dass der Sklave alles tut, was du verlangst. Du musst dich nicht freuen, wenn er einen Befehl befolgt. Das ist etwas ganz Normales. Und du musst ihn auch nicht anschreien, er versteht dich sehr gut."

„Aha, ja, klar. Danke, Sklave Toytoy, es reicht jetzt."

Toytoy zieht sich zurück und kniet sich wieder vor uns hin.

Obwohl er die CB 6000 Keuschheitsschelle trägt, sieht man, dass sein Schwanz erregt ist – soweit das eben im KG möglich ist. Seine Wangen sind leicht gerötet.

„Weißt du, das Wort ‚bitte' passt nicht zu einer Herrin. Eine echte Herrin benutzt das Wort ‚bitte' einfach nicht. Sie gibt Befehle. Aus. Ende. Und sie erwartet, dass ihre Befehle sofort ausgeführt werden. Sklaven irritiert es, wenn sie eine Herrin um etwas bittet. Das passt einfach nicht zu dieser Rolle."

„Oh, entschuldige! Ich muss wohl noch einiges lernen", meint Miss J. und sie sieht mich mit großen Augen an.

„Ach, das wird schon", meine ich zuversichtlich und nehme ein kleines Kissen vom Sofa.

„Pass auf, ich zeige dir, wie gut der Sklave abgerichtet ist."

Mit leichter Hand werfe ich das Kissen in den Raum.

„Apport!", befehle ich.

Sofort krabbelt Toytoy über das Parkett, nimmt das Kissen mit dem Mund auf und trägt es eilig zu mir zurück.

„Aus", sage ich und Toytoy lässt das Kissen in meine Hand fallen.

Wieder werfe ich es weg, diesmal in eine andere Richtung.

„Apport!"

Sofort saust Toytoy auf allen Vieren zum Kissen, nimmt es auf und bringt es zurück.

„Aus", befehle ich und das Kissen landet in meiner Hand.

„Apport!", befehle ich erneut und wieder bringt Toytoy das Kissen.

„Aus!"

Das Kissen landet in meiner Hand.

„So. Ich könnte das den ganzen Tag mit ihm machen."

„Beeindruckend!", sagt Miss J. und zieht eine Augenbraue nach oben, „Er ist trainiert wie ein kleines Hündchen."

Zufrieden stelle ich fest, dass Miss J. wirklich beeindruck ist von meinem Sklaven. Ich kann meinen Stolz nicht ganz verheimlichen und schaue sie gut gelaunt zufrieden an.

„Muss toll sein, einen eigenen Sklaven zu haben."

„Oh ja, das ist es. Besonders, wenn es um die Hausarbeit geht."

„Die nimmt er dir ab? Wow, das ist ja echt genial!"

„Ja, wir sehen uns zwar nur am Wochenende, aber dann bleibt er rund um die Uhr in seiner Rolle und muss dann auch unangenehme Dinge erledigen. Putzen und sowas."

„Ach, das ist ja großartig!", meint Miss J. und schlägt die Hände vor dem Mund zusammen. Sie kann es gar nicht fassen.

„Du musst ihn mir mal ausleihen, für unsere WG.

Na, meine Mitbewohnerinnen würden ganz schön staunen, wenn ich da mit einem Sklaven ankommen würde. Das wäre was! Kocht er auch für dich?"

„Ups, da hast du gleich den wunden Punkt getroffen. Kochen kann er nicht. Aber er ist immerhin ein Putz- und Einkaufssklave."

„Das würde mir reichen. Putzen ist einfach supernervig. Und die schweren Einkaufstüten schleppen ist auch richtig ätzend. Sag mal..."

Sie beugt sich vertraulich zu mir herüber und flüstert mir so leise ins Ohr, dass nur ich es hören kann:

„Vögelst du ihn eigentlich?"

Ich überlege einen Moment und flüstere dann zurück:

„Warum flüstern wir?"

Miss J. zuckt hilflos mit den Achseln.

„Weil es vielleicht ein heikles Thema ist?", flüstert sie mir ins Ohr.

„Wir müssen auch bei heiklen Themen nicht flüstern, ok?", flüstere ich zurück.

„Ooookkkkkaaaaay", meint Miss J. und dehnt das Wort wie einen Kaugummi, „Also gut. Dann noch mal die Frage: Vögelst du den Sklaven?" Sie schaut mir tief in die Augen, während sie die Frage stellt und ich glaube, eine gewisse Erregung darin ablesen zu können.

„Ich ficke den Sklaven mit meinen Dildos und Strap-ons. Aber ich vögle nicht mit ihm", erkläre ich amüsiert und in normaler Lautstärke, so dass Toytoy es hören kann.

„Wow!", meint Miss J., „Ich hoffe, die Frage war nicht zu intim."

„Nein, kein Problem", winke ich ab, das fragen die meisten, denen ich Toytoy vorführe."

„Was fragen die denn sonst noch so?"

„Na, zum Beispiel, wie lange er schon in seiner Keuschheitsschelle schmort."

„Mensch! Das wollte ich echt auch schon fragen!"

„Ja, das ist so eine ganz typische Frage, die eigentlich immer kommt. Na, Toytoy, wie lange bist du jetzt schon in deinem kleinen Gefängnis? Ich habe wohl ganz vergessen, mitzuzählen..."

„12 Tage, Lady Sas", gibt Toytoy sachlich zurück.

„Saukrass!", entfährt es Miss J., „Und ich dachte so maximal drei, vier Tage."

„So kann man sich täuschen."

„Finde ich ziemlich scharf, muss ich echt sagen. Muss ein geiles Gefühl sein, so über das Sexleben von einem Mann bestimmen zu können."

„Stimmt, das ist ein echter Kick", bestätige ich und hole den Schlüssel hervor. Ich nehme die Kette ab und reiche sie Miss J.

„Wie wäre es, wenn du dieses Gefühl gleich mal kennenlernst. Du darfst heute entscheiden, ob Toytoy spritzen darf oder nicht. Na, wie gefällt dir das?"

Erstaunt sieht mich Miss J. mit ihren großen Augen an.

Zögernd nimmt sie mir den Schlüssel mit der feingliedrigen Kette aus der Hand.

„Echt jetzt?"

Ich nicke.

„Das ist ja geil! Danke."

Sie legt sich die Kette um den Hals und meint:

„Meinst du denn, dass er es sich mal wieder verdient hat?"

„Oh, meine Meinung ist hier völlig unerheblich. Du entscheidest heute."

„Wow!", sagt Miss J. und betrachtet den kleinen Silber-Schlüssel.

„Darf ich ihn mal aufschließen?"

„Natürlich. Komm her, Toytoy. Miss J. möchte dich inspizieren."

„Inspizieren ist ein gutes Wort dafür", grinst Miss J., „Man könnte auch sagen, ich möchte mal sehen, was der Sklave vorne rum zu bieten hat."

In Sekundenschnelle ist Toytoy herangekrochen und kniet jetzt vor Miss J. Seine Ohren sind ganz rot. Er ist erregt.

„Dann wollen wir doch mal sehen", sagt Miss J. Mit spitzen Fingern fasst sie das kleine Schloss an und öffnet es.

Sie lacht nervös, als sie mit ihren leicht zitternden Fingern den Schlüssel nicht sofort ins Schloss bekommt.

„So, da haben wir's", sagt sie und entfernt das Schloss.

„Erlaube mir, dir zur Hand zu gehen", sage ich sanft und entferne die Teile des CB 6000, „Das ist nicht so ganz einfach, wenn man es noch nie gesehen hat." Sorgfältig lege ich die transparenten Teile auf den Sofatisch.

„Ja, sieh dir deine neue Herrin genau an, Sklave", ermuntere ich Toytoy, der gerade im Anblick von Miss J. schwelgt.

Es ist offensichtlich, dass er ihrer Jugend und Schönheit schon längst verfallen ist. Sein Penis richtet sich schon bald kerzengerade auf. Eine Reaktion, die Miss J. geschmeichelt, aber auch etwas nervös zur Kenntnis nimmt. Sie streicht ihr Haar hinter die Ohren und lächelt Toytoy spöttisch an.

„Hallo, na, was ist das denn?", fragt sie neckisch und schlägt die Beine andersherum übereinander.

„Aha, da ist aber einer begeistert von dir", kommentiere ich.

„Sieht ganz so aus", sagt Miss J. und rutscht unruhig auf dem Sofa hin und her.

„Keine Sorge, er ist gut erzogen. Das einzige, was er berühren darf, sind deine Schuhe."

Toytoys blickt Miss J. direkt ins Gesicht. Seine Augen wandern zu ihren High-Heels, zu ihrer Bluse, dann wieder zum hübschen Gesicht.

„12 Tage ohne Orgasmus. Und dann so eine blutjunge Schönheit als Herrin. Das ist wirklich grausam", stelle ich trocken fest.

„Bin ich denn seine Herrin?", will Miss J. wissen.

„Ja, bist du. Sklave! Ich verfüge hiermit, dass du Miss J. genauso zu dienen hast wie mir. Verstanden, Sklave?!"

„Ja, Lady Sas. Danke, Lady Sas."

„Gut so", nicke ich, stehe auf und trete hinter Toytoy. Behutsam umschließe ich seinen steifen Schwanz mit meiner rechten Hand. Ich drücke fest zu.

„Wäre es jetzt nicht schön, vor dieser jungen, sexy Herrin wichsen zu dürfen? Wäre es nicht wunderbar, den Schwanz richtig kräftig zu wichsen? Richtig fest und hart. Schön vor und zurück. Richtig geil und hart", flüstere ich leise und verführerisch.

Toytoy stöhnt gequält auf, denn meine Hand bewegt sich keinen Millimeter, sie hält seinen Penis einfach nur fest.

Lachend lasse ich von ihm ab.

„Wenn ich ihn wichsen würde, dann würde er sicher schon nach wenigen Sekunden kommen", sage ich zu Miss J., „Er ist derart aufgegeilt, das ginge ratz-fatz."

„Wir sollten ihn ein bisschen abkühlen", schlägt Miss J. vor.

„Gute Idee", bestätige ich, „An was denkst du?"

„Oh, keine Ahnung!"

Miss J. macht eine abwehrende Handbewegung.

„Keine Idee?", hake ich nach.

„Leider nein", erklärt Miss J.

Das ist schade.

Ich frage mich, warum es so wenige Femdoms gibt, die Phantasie und Ideen haben. Kann mir das vielleicht mal jemand erklären?

Schicksalsergeben atme ich tief durch. Dann bleibt es also wieder an mir hängen, etwas Interessantes zu überlegen.

„Wir nehmen ihn abwechselnd in die Mangel", beschließe ich, „Dann baust du gleich deine Hemmungen ab."

„Wer sagt denn, dass ich Hemmungen habe?", fragt Miss J und grinst.

Ich gehe in die Mitte des Wohnzimmers.

„Komm her, Sklave."

Toytoy krabbelt auf allen Vieren zu mir.

Ich fixiere seine Hände mit einem Karabinerhaken auf dem Rücken.

„Also, du stellst dich hier hin und ich stehe hier. Zwischen uns kniet Toytoy."

Ohne Vorwarnung gebe ich Toytoy eine schallende Ohrfeige.

„Wer hat dir erlaubt, dich an Miss J. aufzugeilen, Sklave?"

„Entschuldigung, Herrin", sagt Toytoy etwas zu laut und wirkt dabei erschrocken.

Ich deute auf Miss J. und Toytoy wendet sich ihr zu.

Miss J. hat das Spiel noch nicht ganz begriffen und sieht mich fragend an.

Ich mache eine Ohrfeigen-Bewegung mit der Hand und sehe sie vielsagend und erwartungsvoll an.

Miss J. atmet tief durch, den Blick fest auf Toytoy gerichtet. Sie überlegt kurz.

Nichts geschieht.

Ich halte den Atem an.

Wird sie jetzt gleich abbrechen und „Ich kann das nicht" rufend nach Hause laufen?

Ihr Gesicht ist wie versteinert, aber innerlich arbeitet es. Plötzlich schießt ihre Hand nach vorne und knallt gegen Toytoys Wange. Vor der eigenen Courage überrascht muss sich Miss J. ernst einmal sammeln und sortieren. Sie sucht nach Worten.

„Du perverse Sau!", bricht es schließlich aus ihr heraus.

Fragend sieht sie mich an.

Ich nicke zufrieden.

„Bravo! Eine sehr gute Ohrfeige. Die saß. Und kam ganz schön gepfeffert."

„Danke", freut sich Miss J. und strahlt über das ganze Gesicht, „Darf ich ihm noch eine knallen? Ich muss ein bisschen üben."

„Natürlich, nur zu, der Sklave steht ganz zu deiner Verfügung."

Nun blitzt es lustvoll in ihren Augen. Kein Zweifel: Ich erlebe gerade mit, wie ein Funke ein ganzes Feuer entflammt.

Sie streckt die Hand aus und nimmt Maß. Toytoy blickt devot auf ihre High-Heels. Dann schnellt die Rechte wieder vor und versetzt Toytoy eine beachtliche, schallende Ohrfeige.

Toytoys Gesicht wird zur Seite gewischt.

Die junge Lady hat Talent. Und mehr Kraft, als ich ihrer zierlichen Gestalt zugetraut hatte.

„Wer hat dir erlaubt, einen Steifen zu haben, Sklave Toytoy?", fragt sie.

„Niemand, Herrin. Entschuldigung, Herrin!"

Miss J. lächelt.

„Nenn mich Miss J., Sklave Toytoy."

„Ja, Miss J., danke, Miss..."

Das „J" wird von einer weiteren Ohrfeige übertönt. Ich bin beeindruckt. Die junge Lady lernt außergewöhnlich schnell.

Einige Ohrfeigen später ist Miss J. wie verwandelt. Selbstsicher stöckelt sie um Toytoy herum. Nur, um ihn immer wieder mit plötzlichen Backpfeifen zu überraschen. Seine Wangen sind ordentlich gerötet.

„Und jetzt?", fragt mich Miss J. bestens gelaunt, „Was machen wir jetzt?"

„Jetzt darf sich Toytoy bei seiner neuen Herrin für die Erziehung bedanken. Das gehört dazu. Erst wird er erzogen, dann bedankt er sich dafür und darf vielleicht sogar darum bitten, noch härter bestraft zu werden."

Ich lache und setze mich aufs Sofa. Miss J. setzt sich neben mich.

„Du hast es gehört, Sklave Toytoy. Bedank' dich bei mir für deine Erziehung."

Toytoy kriecht auf Miss J. zu und bedeckt ihren vorangestellten Schuh mit devoten Küssen. Seine Erektion ist inzwischen verschwunden. Miss J. kann wirklich hart austeilen.

Zufrieden beobachtet sie, wie Toytoy seine Zunge diensteifrig über das Leder gleiten lässt.

„Hast du schon entschieden, ob er spritzen darf?", frage ich Miss J. und schenke uns ein neues Glas Sekt ein.

„Ich denke... er wird... nicht spritzen", verkündet sie, „Okay?"

„Ja sicher, du entscheidest das", antworte ich und nehme einen Schluck aus meinem Sektglas. Es prickelt angenehm auf meiner Zunge – und ebenso angenehm in meiner Pussy. Ein heißes Gefühl, Toytoy einer fremden Lady zu überlassen.

„Du darfst Miss J. jetzt zeigen, was du gelernt hast, Toytoy. Mund auf!", sage ich, nehme noch einen Schluck aus meinem Glas, stehe auf und spucke ihm den Sekt in den weit geöffneten Rachen. Wie beabsichtigt geht etwas daneben. Zufrieden stelle ich fest, dass Toytoy keine Anstalten macht, sich das Gesicht abzuwischen.

"Guter Junge", lobe ich ihn.

„Es ist schon spät, Saskia", meint Miss J. und steht vom Sofa auf, „Ich mach mich langsam auf den Heimweg. Hier ist der Schlüssel."

Mit diesen Worten gibt sie mir den Silberschlüssel zu Toytoys kleinem Gefängnis zurück.

Oh, habe ich sie etwa überfordert?

Ich bin etwas erstaunt, denn eigentlich hatte ich noch geplant, weiterzuspielen.

„Ich hoffe, das war nicht zu viel auf einmal für dich", sage ich dann auch, als wir im Flur stehen.

Toytoy habe ich an der Leine, er darf sich von Miss J. verabschieden und küsst voller Leidenschaft ihre Straßenschuhe: nicht mehr ganz neue Chucks. Das sieht amüsant aus. Die High-Heels waren ihm sicher lieber.

„Nein, nein", wehrt die junge Lady ab, „Es ist alles in Ordnung. Das Ganze ist noch sehr neu für mich. Aber ich finde es sehr aufregend und würde gern wiederkommen, wenn ich darf."

„Natürlich, sehr gerne. Wie wäre es nächsten Samstag?"

Wir verabreden uns für 14 Uhr und dann ist Miss J. auch schon verschwunden. Man kann ja nie wissen, was Frauen wirklich denken, daher bleibe ich etwas skeptisch. Der Aufbruch kam ein wenig zu plötzlich. Schade. Es fing doch alles so gut an!

DIE VERWANDLUNG.

Eine Woche später. Ich blicke auf meine Uhr: Schon zehn Minuten nach14 Uhr. Ich sehe aus dem Fenster. Von Miss J. ist weit und breit nichts zu sehen. Jetzt habe ich Toytoy ganz umsonst präpariert. Er ist über den Wohnzimmertisch gefesselt. Seine Beine sind weit gespreizt und einzeln an die Tischbeine fixiert. Seine Handmanschetten sind zusammengebunden und vorne an den beiden Tischbeinen befestigt. In Toytoys Pomöse steckt ein beachtlicher schwarzer Dildo. Auf seinem Rücken steht ein Teller mit leckeren Kuchenstücken. Ich habe frischen Kaffee gekocht und den Tisch gedeckt. Alles steht bereit für eine aufregende Session. Nur Miss J. fehlt.

Es passiert mir nicht zum ersten Mal, dass ich versetzt werde. Manche Damen stellen nach der ersten Vorführung fest, dass diese BDSM-Welt doch nichts für sie ist. Aus Angst, Gefühle zu verletzten, schweigen sie sich einfach aus und melden sich nicht mehr. Selbst dann, wenn man höflich nachfragt. Die Kommunikation wird einfach abgebrochen. Das ist bedauerlich und unsouverän. Von Miss J. hätte ich wenigstens erwartet, dass sie absagt. So kann man sich täuschen.

Ich betrachte die Kuchenstücke. Das einzige Gute an der Sache ist, dass ich nun alle vernaschen kann. Ich ziehe meinen knielangen schwarzen Rock glatt, den ich mit einer schwarzen Bluse, schwarzen Halterlosen und Lack-Stiefeln kombiniert habe. Heute bin ich die Lady in Black.

Vielleicht ist es sogar ganz gut so, dass die junge Dame nicht kommt, überlege ich. Vielleicht hätte ich das junge Ding nur verdorben. Toytoy hätte sich sicher sehr gerne von ihr bespielen lassen, soviel ist klar. Aber was nicht sein soll, soll eben nicht sein.
Schon 14.15 Uhr. Nein, das wird wohl nichts mehr.

„Sieht ganz so aus, als hätte Miss J. kein Interesse mehr an dir", erkläre ich zu Toytoy gewandt und nasche ein Stück vom Karottenkuchen. Da klingelt es. Na, das wird doch nicht etwa...!
Mit eiligen Schritten stöckle ich zur Haustüre.
Tatsächlich: Miss J.

Rotbäckig, außer Atem und mit einer Sporttasche in der Hand.

"Entschuldige, bitte. Tut mir leid, ich hab' mich verfahren", erklärt Miss J., als ich diskret die Haustüre hinter ihr schließe.

"Ach, das macht nichts", wehre ich lässig ab und schiebe mir das Kuchenstück in den Mund.

"Ich habe schon angefangen, sorry", sage ich mit vollem Mund und bemerke erst jetzt, dass ich mit vollem Mund spreche. Schnell verspeise ich das Stück, wirklich lecker!

"Dachte, es wäre etwas dazwischengekommen."

"Ja, ich bin immer etwas hilflos, selbst mit Navi. Tut mir echt leid", erklärt Miss J völlig durch den Wind.

"Kein Ding", beruhige ich sie.

"Ich hab' neue Schuhe dabei! Schau mal."

Stolz holt sie High-Heels aus funkelndem Lack aus ihrer Tasche. Mit kleinem Plateau und sehr hohem, spitzen Absatz.

"Todschick!", sage ich und hänge ihre Jacke auf.

"Kann ich mich irgendwo umziehen?"

"Ja sicher, vielleicht im Schlafzimmer?"

Ich zeige ihr den Weg und entferne mich diskret.

"Komm doch einfach runter ins Wohnzimmer, wenn du soweit bist. Toytoy wartet schon auf dich..."

Ich bedauere es ein wenig, dass die junge Dame so viel Privatsphäre fürs Umziehen haben möchte. Ich will ehrlich sein: Ich wäre nicht unglücklich, wenn sie sich in meiner Anwesenheit umgezogen hätte. Sie sieht wirklich sexy aus.

Einige Minuten später stöckelt eine wirklich aufregende Jungdomina in mein Wohnzimmer. Das einzig, was nicht ganz so wunderbar aussieht, ist ihr Gang: Sie stelzt auf den hohen Schuhen etwas unelegant voran. Ok, die Schuhe sind ja auch wirklich hoch. Alles andere jedoch: ein absoluter optischer Leckerbissen. Miss J. trägt einen engen Lederrock, der so kurz ist, dass er gerade über ihre knackigen Pobacken reicht.

Eine elegante, enge weiße Bluse lässt keinen Zweifel daran, dass Miss J. wundervolle kleine feste Brüste hat. Ihre langen schlanken Beine stecken in einer schwarzen Strumpfhose, die perfekt zu den schwarzen Lack High-Heels passt. Selbstbewusst wirft sie ihr langes dunkelblondes Haar zurück und grinst, als sie Toytoy über den Tisch gefesselt sieht.

"Hallo, Sklave Toytoy", sagt sie.

"Huten Hag, Hiss H.", hört man.

"Er hat gerade etwas im Mund, entschuldige bitte", erkläre ich.

"Einen Dildo?"

"Du kennst dich aus."

Neugierig stelzt Miss J. näher und betrachtet Toytoy aus nächster Nähe.

"Die Spuren sind immer noch zu sehen", stellt sie fest, als sie seinen Rücken und seinen Po in Augenschein nimmt.

"Ja, das dauert manchmal etwas, bis es ganz verheilt ist. Und kaum ist es verheilt..." Ich grabe meine Fingernägel in Toytoys Rücken und ziehe sie gerade nach unten, wobei rote Linien entstehen. "... da sind auch schon wieder neue Spuren zu sehen."

Miss J. lacht.
"So einen Sklaven hätte ich auch gern. Ein feines Spielzeug. Hat er inzwischen spritzen dürfen?"
"Nein, er ist jetzt seit knapp drei Wochen keusch." Ich ziehe den Silberschlüssel zu Toytoys Keuschheitsschelle aus meinem Dekollete und überreiche ihn mit einem Augenzwinkern Miss J.
"Du bestimmst, ob es vier Wochen werden."
"Saukrass", meint Miss J. und nimmt den Schlüssel so respektvoll entgegen, als hätte ich ihr gerade den Reichsapfel eines Fürstentums übergeben und sie als Regentin eingesetzt.
"Ich würde schon gern mal dabei zusehen, wie er... naja... spritzt eben. Wäre schon cool, das mal zu sehen."

Wir setzen uns an den Tisch.
"Kaffee?"
"Ja, gerne", sagt Miss J.
"Milch, Zucker? Fühl' dich wie zuhause. Wir müssen den Kuchenteller heute leer futtern. Nichts darf übrig bleiben."
Vergnügt genießen wir Kaffee und Kuchen, während Toytoy hilflos gefesselt vor uns liegt. Ab und zu stöhnt er etwas in den Knebel.

"Oh, habe ich ganz vergessen zu erwähnen: Toytoy hat heute noch nichts gegessen", sage ich betont nebensächlich.

"Er darf später den Staub von meinen Schuhen schlecken", erklärt Miss J. großzügig und wirft Toytoy einen herausfordernden Blick zu.

Ich liebe ihre frische Art. Und ihre großen Augen. Fasziniert betrachte ich ihr Gesicht. So jung. Keine einzige Falte ist zu sehen. Als Frau Ende 40 fällt einem so etwas gleich auf. Neidisch? Ein bisschen. Aber ich war auch mal jung und es ist schon in Ordnung, dass man mir ansieht, dass ich keine 20 mehr bin.

Miss J. wirkt deutlich selbstbewusster als bei unserem Kennenlernen. Ich muss keine Sekunde darüber nachdenken, wie sie wohl auf meinen Sklaven wirkt. Nach so einer blutjungen schönen Herrin leckt sich wohl jeder Sklave die Lippen.

Ich stehe auf und trete hinter Toytoy. Langsam lasse ich meine langen roten Krallen über seinen wehrlos dargebotenen Körper gleiten. Erst sehr zärtlich und sanft, doch dann dringen meine Krallen immer tiefer ein – bis Toytoy schließlich vor Schmerzen das Gesicht verzieht und unterdrückt in seinen Dildo-Knebel schreit.

"Autsch", sagt Miss J. lässig und sieht mit großen Augen fasziniert in Toytoys Gesicht.

"Magst du ihn mal aufschließen?", frage ich die Studentin.

"Ja klar, gerne!"

Ohne Berührungsängste fischt Miss J. das kleine Schloss zwischen Toytoys Beinen heraus und öffnet es. Diesmal klappt es viel besser, ihre Finger zittern nicht mehr. Gemeinsam nehmen wir ihm vorsichtig und mit spitzen Fingern die Einzelteile des CB 6000 ab.

"Soll Miss J. mal dein Sklavengehänge in die Hand nehmen, Toytoy? Möchtest du das gerne?"
Ein zustimmendes Grunzen ist zu hören.
"Oh ja, das möchtest du sehr gerne. Das wäre vielleicht was! Wenn so eine junge, sexy Herrin sich mit deinem Schwanz beschäftigen würde. Das würde dir gefallen, da bin ich sicher."

Ende der Leseprobe.

Impressum

111 SM-Spielideen Herrin – Sklave Band 2

Dezember 2016

Frankfurt/Main, Deutschland

Von Lady Sas

Kontakt: madamesaskia@web.de

Illustration auf dem Titel: Shutterstock

Code: 77 52 77

ISBN-13: 978-1541276840

ISBN-10: 1541276841

Made in the USA
Middletown, DE
20 November 2022

15618004R00070